Wolfgang Sofsky
Einzelgänger

Wolfgang Sofsky

EINZELGÄNGER

Matthes & Seitz Berlin

DIE SECHSTE STUNDE

In der ersten Stunde häufte er die Erde auf. Aus allen Enden der Welt trug er die feinsten Staubkörner zusammen, um aus dem Teig der Erde sein Ebenbild zu erschaffen. In der zweiten Stunde legte er feuchten Lehm auf den Klumpen und strich ihn mit den Fingern glatt. In der dritten Stunde begann er, den Lehm zu kneten. Aus der Masse grub er den Leib hervor, streckte die Glieder, formte Rumpf, Arme und Kopf. Von ungeheurer Größe war die Gestalt, fast erfüllte sie die ganze Welt. Für das erste Gesicht verwandte er besondere Sorgfalt. Was Menschenantlitz trägt, ist berufen, die Offenbarung seiner selbst zu sein. Die eigenen Züge im Sinn, zog er die Nase aus dem Lehm, glättete Wangen, Stirn und Schläfen, drückte Linien und Kerben ein, um Augen und Lippen vorzuzeichnen. Am schwersten fiel es ihm, die Nasenlöcher gleichmäßig zu formen.

Als die Arbeit beendet war, betrachtete er sein Werk mit Wohlgefallen. So vergnügt war er, daß er dreimal den Körper umkreiste und begeistert in die Hände klatschte. In der vierten Stunde legte er sich auf den leblosen Leib und flößte ihm seinen Atem ein, in Mund, Nabel und Nase. In der fünften Stunde stand sein Geschöpf schon aufrecht auf den Beinen, wankend zuerst, doch je länger es auf und ab ging und sich die Himmel und Wasser besah, desto sicherer wurde sein Gang. Ungeduldig war der Mensch von Anbeginn. Er wollte leben, bevor er denken konnte. Lachend hüpfte er über die Täler und Flüsse, stieg Felsen und Gletscher hinauf, eilte Schluchten und Abhänge hinab. Schließlich trug ihn der Tanz der Bewegung hinauf zu dem Garten im Osten, in dem vielerlei Bäume, Büsche und Blumen aufsprossen, lieblich anzusehen, kostbar duftend und gut zu essen. In der sechsten Stunde entstanden ohne Anhauch die Tiere des Feldes, das Vieh und alle Vögel des Himmels. In Reih und Glied kamen sie zu dem Menschen. Jede Art trug ihren Namen auf der Zunge und lieferte ihm das Merkwort, damit er künftig jedes Geschöpf rufen und genießen könne. So fand der Mensch seine Sprache aus den Tönen der Kreatur. Aber er fand nicht, was ihm fehlte.

In Einsamkeit war der erste Mensch geboren, genommen aus Staub und bestimmt, in Staub zurückzukehren. Verlor er den Atem, verfiel er wieder zu Erde. Bis dahin hatte er die Last der Schöpfung allein zu tragen. Voll war die Welt von Lebewesen, die ihm untertan waren. Aber keine Gattung benötigte ihn, und keine taugte ihm als Gefährte. Jede genügte sich selbst, und keine verstand die andere, das Rind nicht den Affen, das Huhn nicht den Fisch und der Vogel nicht den Hund. Unterlegen war dem Menschen das Getier, wenn nicht an Kraft und Empfindung, so doch an Verstand und Voraussicht. Ungleichheit prägte die Schöpfung von Anbeginn. Die Kreaturen paßten nicht zueinander und wurden einander bald überdrüssig. Niemals vermochte der eine zu vergelten, was der andere ihm gegeben hatte. Immer blieb einer im Rückstand; der Schuld war nicht zu entkommen. So begann die Einsamkeit mit fehlender Ebenbürtigkeit. Zwar erkannte der Mensch die Sprache der Tiere, doch sie verstanden seine Worte nicht. Nur mit sich selbst konnte er reden; unaufhörlich begleitete ihn das sinnlose Gestammel. Die Gesellschaft der Tiere blieb ihm fremd. Das Leben der Erde bot ihm kein Abbild.

Unvollkommen fühlte sich der erste Mensch. Niemand erhörte ihn, auch derjenige nicht, der ihn erschaffen hatte. Denn jener war allein seit Ewigkeit und kannte niemanden, der seinesgleichen war. Nur mit Wesen verkehrte er, die er selbst ersonnen hatte und die ihn unmöglich erkennen konnten. Ohne Fehl ruhte er abgeschieden in sich selbst. Vom Menschen hatte er sich ein wenig Unterhaltung und Erheiterung, Entlastung und Anbetung erhofft. Doch blieb jener ihm die Antwort schuldig. Der Mensch bot ihm weder die Kurzweil des Gesprächs noch den Dank für sein Dasein. Die Bürden der Arbeit und die Not der Sterblichkeit verpflichteten ihn zu nichts. Von Minute zu Minute verfinsterte sich sein Gemüt. Die Freude des Anfangs war rasch verflogen, seit er im Garten sein Heim gefunden hatte. Es drängte ihn, sich zu ergänzen, sich zu vergleichen, sich zu trösten ob seiner Vereinzelung. Eine Ewigkeit schien ihm die sechste Stunde zu dauern. Vergeblich suchte er nach etwas, das so war wie er. Doch er fand kein Wesen, das ihm mit aufrechtem Gang begegnete. Und er fand kein Gegenüber zu seinem Ergötzen und zur Fortsetzung seiner selbst.

So fiel er, bedrückt von Trauer, in tiefen Schlaf. Sein inneres Gesicht aber blieb wach. Es war ihm, als sähe er sich selbst, wo er schlafend lag, als sei er aus sich selbst entrückt zu einer wunderbaren Gestalt, so schön, daß alles, was auf der Welt bisher an Schönem erschienen war, in ihr enthalten war. Ihre Augen funkelten grün gleich dem Smaragd, ihr langes Haar war rot wie der Granat, ihre Wangen schimmerten weiß wie die Lilie, ihre Lippen schmeckten süß wie Honig und an ihren Ohren hingen hohle, nach Jasmin duftende Perlen. Lächelnd beugte sie sich zu ihm herab. Zwischen den Diamanten des Amuletts leuchtete die Haut ihrer Brust. Als er erwachte, hoffte er, mit diesem Wesen hinfort sein Leben teilen zu können. Sie aber entledigte sich des Schmucks und wuchs empor zu riesiger Gestalt. Ihr Leib loderte von Flammen und ihre Beine reichten hinab bis in den Tod. An den Füßen hatte sie die Krallen der Eule. Weit waren ihre Augen aufgerissen, in den Händen hielt sie lange Messer, von denen bittere Tropfen herabfielen. Wenig später war der Platz leer. Die Gewächse des Gartens waren verschwunden. Ein fader Wind kam auf und wirbelte kalten Sand auf. Sachte rieselte und kreiselte es über dem Boden. Die Fußstapfen wurden von sanften Wellen verweht. Nichts warf einen Schatten, kein Pfahl, kein Gesträuch. Von allen Seiten kam es. Schon waren die Füße des Menschen von Staub bedeckt.

DER EINZELGÄNGER

Unerwartet war die Freiheit, nachdem er sich aufgerichtet hatte. Er genoß die behende Leichtigkeit, schwang die Arme, setzte Fuß vor Fuß und gewann mit jedem Tritt an Sicherheit. Die Sohlen tasteten den Boden ab, glichen die Unebenheiten aus, jede Mulde, jeden Kiesel, der aus der Erde hervorlugte. Schließlich hielten Hirn und Ohr den Körper im Gleichgewicht, ohne daß es eines Gedankens bedurft hätte. Eine ungeahnte Kraft stieg in ihm auf, die Kraft zu rascher Bewegung und Veränderung. Die Schritte wurden länger und flinker. Die Hände suchten nicht mehr nach Halt, der Blick öffnete sich, Stolz erfüllte ihn. Zügig ging er hinaus in die Welt. Was sollte ihn noch aufhalten, da er den Staub abgeschüttelt hatte?

Hier und da mußte er eine Mauer überwinden oder einen Abgrund umgehen. Das größte Hindernis jedoch blieb das Denken. Niemals dürfe er, so erinnerte er sich, über das Gehen nachdenken. Es sei dann nämlich unmöglich, weiter zu gehen. Das Denken reiße an den Muskeln und verziehe Sehnen und Bänder. Sofort käme die Bewegung ins Stocken, zuerst würde er ein wenig zur Seite kippen, dann geriete er ins Schwanken, schließlich würde er taumeln und stürzen. Jeder Schritt sei nur ein Schritt an der Katastrophe entlang.

Als er sich der alten Weisung entsann, schienen seine Knie auf einmal einzuknicken. Niemand bemerkte die Hemmung, den entschlossenen Sprung zum nächsten Schritt, mit dem er die Kluft zu überwinden suchte. Laufen würde nicht helfen, dachte er, das Laufen ist wie ein Fliegen auf Erden, bei jedem Sprung verlieren die Füße für einen Augenblick die Berührung mit dem Boden. Der Zweifel fraß sich fest. Jeder noch so ungelenke Schritt sollte nun beweisen, daß er das Gehen noch nicht verlernt hatte. Vergangen war auf einmal die Freiheit, die Muskeln versteiften, die Glieder strebten auseinander, auch behutsame Gehversuche wollten nicht mehr gelingen. Er beugte den Rumpf nach vorn, verlagerte den Schwerpunkt nach unten, stieß die Luft aus der Lunge und ging so gegen die Sturmböen an, die nur in seinem Kopf existierten. Jeder Meter war eine Qual, eine leere Strecke ohne Ziel. Denken, so dachte er, verurteile zu vollkommener Unbeweglichkeit. Ein einziger Gedanke führe zu unerträglicher Untätigkeit. Nie und nimmer dürfe er nachdenken, wie er gehen solle. Bliebe er aber stehen, wäre der Drang weiterzugehen übermächtig. Auch im Stehen würde er immerzu überlegen, nicht ans Gehen denken zu dürfen.

Jahrelang war er von solchen Gedanken verschont geblieben. Freimütig genoß er den aufrechten Gang, wandte den Kopf nach links und rechts, ließ den Blick in die Ferne schweifen und in der Nähe streifen. Bis zum Horizont reichte das Auge, bis zur Turmspitze hinauf, bis zu den Schneegipfeln. Sogar die Sterne konnte er sehen, die Punktbilder, denen man Namen gegeben hatte, um Ordnung in die Irrnis zu bringen. Die Glasfenster an den Lichtwänden der Kathedralen konnte er betrachten, ebenso die Bilder an der Stuckdecke, die verstohlenen Blicke, die mit jedem Schritt mitzuwandern schienen.

Er hatte gelernt, sich gehen zu lassen. Manchmal sah er seinen Zeitgenossen keck ins Gesicht, um sie zu erschrecken oder ihren Gemütszustand zu erraten. Gelegentlich versprachen die Eintrübungen des Mienenspiels sogar Hinweise auf fremde Gedanken. Aber meist blieb es ein Rätsel, was der andere dachte und ob er überhaupt etwas dachte, ja, ob jener überhaupt zu einem Gedanken imstande war. Lieber entzifferte er daher die winzigen Zeichen, von denen das Papier an den Wänden übersät war, diese sonderbare Schrift, deren Geheimnis sich nur in millimetergenauer Lektüre erschloß. Nicht nur das Entlegene bereitete ihm Vergnügen. Es war der Wechsel zwischen Hier und Dort, der ihn erfreute, jene unwillkürliche Bewegung des Auges, welche die Dinge in die Ferne rückte. Seit er aufrecht ging, war der Raum um ihn herum leer. Diese Leere entfernte ihn von den Menschen und von sich selbst. Der Blick übersprang die Reichweite seiner Hände, und das Gehen schenkte ihm Einsichten jenseits der Sinne. Ohne das Nichts, so dachte er, gäbe es nichts zu erkennen, nichts zu erkunden, nichts zu erobern, gäbe es keine Annäherung, keine Entfernung. Ohne die Leere gäbe es kein Gehen. Alles wäre vollgestellt. Nur schmale Pfade führten durch die Welt, vormarkierte Wege an hohen Mauern entlang, um die Sperren herum, zwischen den Gittern hindurch, Wege, die meist in Sackgassen endeten.

Seit er sich erhoben hatte, war er der irdischen Last ledig. Der Lehm klebte nicht mehr an Füßen und Händen. Nase, Zunge und Auge gierten nicht länger nach dem Getier, das auf dem Boden kroch. Der Horizont lag jenseits des winzigen Flecks grauer Erde, jenseits der Wiese mit zertretenem Gras. Auch der stechende Schmerz im Nacken hatte sich verflüchtigt. Er mußte den Kopf nicht mehr zurückbiegen, sobald er nach oben blickte. Man darf solche Fortschritte keinesfalls gering schätzen, sagte er sich, obgleich die Schmerzen andernorts wiederkehrten, im Bein, im Sprunggelenk, das nun die ganze Last zu tragen hatte. Dafür konnte er freier atmen. Im Gehen entzog sich die Welt, mit jedem Schritt wichen die Dinge zurück. Immer war das Nichts schneller als er. Es kam ihm so vor, als ließe jeder Schritt die Dinge zurückzucken, sobald er glaubte, sie erreicht zu haben. Die Welt – eine Luftspiegelung? So war des Gehens kein Ende. Würde er jemals irgendwo ankommen? Immer schien sich die Leere dazwischen zu schieben, diese unauffüllbare, untilgbare Leere. Manchmal versuchte er, das Nichts zu überholen. Urplötzlich beschleunigte er den Schritt, sprintete die Anhöhe hinauf, bis ihm der Atem ausging. Aber die andere Seite war nicht zu überlisten. Mit Geschwindigkeit war die Einsamkeit nicht zu überwinden. Wenn er ans Ziel kam, war es immer schon verschwunden.

Mit der Zeit wuchs die Enttäuschung. Er vermied es, ein vorbestimmtes Ziel anzusteuern, und begnügte sich mit dem Gehen und Denken. Nicht nach fertigen Gedanken suchte er; genaugenommen suchte er gar nichts. Er überließ sich den Einfällen, die sich beim Gehen einstellten. Am liebsten hätte er ganz auf das Denken verzichtet. Aber wie es unmöglich war, über nichts etwas zu sagen, so war es ihm undenkbar, nicht über etwas nachzudenken. Die Gedanken hielten sein Hirn besetzt. So leer die Welt, so einsam das Leben, sein Kopf war immer voller Ideen. Nicht daß diese Gedanken sonderlich klar gewesen wären. Die Mehrzahl war trübe und verworren, der Geist tappte in einem Halbdunkel irrer Gedanken umher. Davon könne ihn nur das Gehen befreien, dachte er anfangs. Beim Gehen sorge klare Luft für klare Gedanken. Es lüfte ihm Hirn und Seele aus. Er glaubte sogar, das Denken hinge von der Art des Gehens ab. Er könne überhaupt nicht mehr denken, würde er nicht Tag für Tag hin und her gehen, ja, er könne gar keinen klaren Gedanken mehr fassen, wenn er nicht zügigen Schrittes vor sich hin ginge. So hoffte er, Denken und Gehen miteinander verbinden zu können. Würde er schneller gehen, dann könnte er auch klarer denken. Natürlich trog diese Vermutung. Schnell gehen und klar denken schließen einander aus. Er konnte niemals so denken, wie er ging. Meist trafen ihn die Gedanken völlig unvorbereitet. Suchte er einen festzuhalten, blieb er stehen. Deshalb vermied er es, allzu tiefgründig zu denken, sobald er unterwegs war. Er wäre nie vom Fleck gekommen, hätte er einen bedeutsamen Gedanken überdenken müssen. Gehen war ihm daher wichtiger als zu denken. Nie hatte er einen wirklich vorzüglichen Gedanken beim Gehen gehabt. Die Gedanken kamen und gingen. Wie er an Häusern und Bäumen vorüberging, so zogen auch die Gedanken weiter, sobald er an ihnen vorbeigegangen war. Der wahre Denker, sagte er sich, hält inne, er steht oder sitzt, er geht nicht. Der Gehende indes sieht seine Gedanken nur auf der Flucht. Nach zehn Schritten sind sie verschwunden. Im Weitergehen kann man sich seiner Gedanken entledigen, kann sie in die Flucht, in die Gedankenflucht schlagen.

Das Gehen ist dazu da, die Gedanken zu vertreiben, es verjagt flüchtige Ideen. Für seine Gedanken findet der Gehende keinerlei Grund. Sie sind völlig grundlos, nichts als Hirngespinste. Deshalb zog er es vor, allein zu gehen. Mit anderen zu gehen, bedeutete meist, Gründe angeben zu müssen. Gespräche waren immer Rechtfertigungen, zumindest die Gespräche, die er beim Gehen führte. Begleitung ist dem Denken ebenso abträglich wie dem Gehen, sagte er sich. Wenn er andere gehen sah, wußte er nie, was jene dachten, und wenn er wußte, was sie dachten, entging ihm, wie sie gingen. Er war außerstande, vom Gehen eines anderen auf dessen Denken zu schließen. Aber das Gehen war das einzige, was er von seinen Begleitern sehen konnte. Früher, als er noch mit anderen gegangen war, hatte er sie häufig aus dem Augenwinkel beobachtet. Ihr Gehen schien ihm der einzige Anhaltspunkt für ihre Gedanken zu sein. Tatsächlich hatte er nicht die geringste Ahnung, weswegen er es bald unterließ, ihrem Gehen überhaupt Beachtung zu schenken. Es ist überflüssig, dem anderen beim Gehen zuzusehen, dachte er, jeder geht für sich, und jeder denkt für sich. Kommt es dennoch zu einem Gespräch, darf man keine allzu tiefschürfenden Gedanken bedenken. Man müßte das Gehen sofort unterbrechen. Viele Gespräche fanden deshalb nur stehend statt. Man stand beieinander und beugte sich nach vorn, damit kein Wort zu Boden fiel. Beim Reden kam man nie von der Stelle. Die hohe Kunst gemeinsamen Gehens liegt also darin, so seine Überzeugung, sich mit leichter Geisteskost zufrieden zu geben. Ein konsequentes Überdenken eines Gedankens ist gemeinsam mit anderen niemals möglich. Die Mehrzahl der Mitteilungen ist ohnehin bekannt. Sie müssen nicht wiederholt werden. Und flüchtige Gedanken hatte er selber in großer Zahl, dazu benötigte er keinen Begleiter.

Der übelste Gedanke blieb jedoch der Gedanke an das Gehen. Anstatt Fuß vor Fuß zu setzen, dachte er daran, in welchem Abstand er die Füße voreinander stellen sollte, ob er rascher oder langsamer gehen, mit seinen Kräften haushalten oder sich verausgaben sollte. Vor einem Anstieg überlegte er, wie weit es noch bis zum Gipfel sein würde. Während des Abstiegs zählte er die Schritte, die er bereits hinter sich hatte. Er fing an, sein Gehen zu beobachten, eine ebenso aufreibende wie sinnlose Beschäftigung. Genau registrierte er, wenn er außer Atem geriet, wenn das Blut im Nacken pochte, wenn es ihm Brust und Hals zuschnürte. Unwirsch schüttelte er den Kopf, als er feststellte, wie diese Beobachtungen das Gehen erschwerten. Immerzu dachte er über das Gehen nach. Und er wußte, daß er dies tat. Wenn einer sein Gehen beachtet, dachte er, dann scheint er ja nicht sich selbst, sondern einen anderen zu beobachten, seinen Doppelgänger. Wenn er sich selbst beobachtet, dann beobachtet er sich als derjenige, der sich selbst beschattet, der er aber niemals ist, wenn er sich nicht selbst im Auge behält. Wer sich also beim Gehen überwacht, der überwacht niemals denjenigen, den er beobachten möchte. Er sieht nicht sein eigenes Gehen, sondern das eines anderen. Als ihn diese Ahnung überkam, blieb er augenblicklich stehen und spürte einen Anflug von Schwindel. Der Boden unter ihm schien zu wanken, die Dinge begannen sich zu verschieben. Sein Oberkörper neigte sich nach vorn, immer schneller drehte sich die Welt. Er warf die Arme nach vorn und versuchte, sich irgendwo festzuklammern. Doch rundum war nichts, wonach er hätte greifen können. Niemand hielt ihn fest. Übelkeit stieg in ihm auf, die Bilder verschwammen, die Gedanken zerfielen, noch ehe er sie ergreifen konnte. Er befürchtete die Lähmung, erwartete den Schmerz im Kopf und konnte sich vor dem Taumel nicht anders retten als dadurch, daß er das Gewicht des Körpers auf ein Bein verlagerte und dann, nach zehn Sekunden vielleicht, zaghaft den anderen Fuß aufsetzte, nach und nach sicheren Tritt suchte und so zuerst langsam, dann immer rascher weiter ging, bis spät in die Nacht, als ihn die Erschöpfung zwang, mit dem Gehen und Denken aufzuhören.

VERLORENE WORTE

Er hört mehr als die anderen. Laute vernimmt er, für welche die Worte ihn taub gemacht hatten. Seit er den Mund hält, machen sich Dinge bemerkbar, die lange Zeit stumm schienen, knarzendes Holz, ächzendes Glas, leise schnarrende Zahnräder. Das Ohr ist dankbar für den Ausklang der Stimme. Nicht länger muß es den Worten nachhören. Der Schweigsame kann sich den Klängen widmen, muß keine Wörter mehr suchen, keine Sätze fügen, keine Gefühle übersetzen. Auch hat er nicht mehr zu bedenken, ob es besser sei zu reden oder zu schweigen. Ist noch etwas zu sagen, obwohl noch nicht alles gesagt wurde? Mit den unerwarteten Geräuschen haben sich indes auch altvertraute Mißtöne verstärkt: kreischende Steinsägen, plärrende Lautsprecher, die ratternden Rotoren der Hubschrauber. Sollte das Reden nur eine Vorkehrung gegen den Lärm gewesen sein, gegen den Krach der Dinge?

Das Ende der Sprache vollzog sich ohne merklichen Einschnitt. Das Schweigen fiel ihm leichter, als er gedacht hatte. Geschätzt hatte er den Klang seiner Stimme nie. Früh schon blieben ihm die Worte im Halse stecken, manchmal irrte seine Stimme umher, ohne zu wissen, was sie suchte. Für kurze Zeit strotzte sie vor Kraft und konnte über dutzende Meter in fremde Ohren treffen. Doch irgendwann wurde sie leiser und leiser, jeden Monat, jeden Tag etwas leiser. Es bedurfte keines Entschlusses, den Mund zu verschließen. Unter dem Gaumendach sammelten sich keine Worte, die nach außen drängten und die sich, falls man sie nicht herunterschluckte, wie ein Schwall über die Lippen ergossen hätten. Die Stille ergab sich von selbst. Häufig glaubte er, etwas gesagt zu haben, was er lediglich gedacht hatte. Dies schien ihm jedoch klüger, als etwas zu sagen, ohne sich dabei etwas gedacht zu haben.

Anfangs wurden seine Sätze von Momenten verschwindend kurzer Stille unterbrochen. Dann redete er immer bedächtiger. Unerträglich zogen sich die Sätze in die Länge; es war, als kämen sie niemals zum Ende, obwohl er nichts mehr ersehnte als den Schlußpunkt. Die Pausen dehnten sich aus, zuerst zwischen den Sätzen, dann zwischen den Worten, schließlich zwischen den Silben. Graue Stille schob sich zwischen die Laute. Manche Sätze brachen abrupt ab, andere verliefen ins Leere. Er glaubte, Pflanzen flüstern und Steine schreien zu hören. Doch dies war nichts als Narretei. Für Kitsch war er immer taub gewesen. Nie hatte er auf die frühen Töne der Schöpfung gehört, auf die Klänge anderer Welten. Nur das Wachsen des Grases hörte er – ein unersprießliches Geräusch.

Er verstummte nicht, um endlich nach Unerhörtem lauschen zu können. Des Redens war er überdrüssig, es lohnte die Mühe nicht. Er wollte keine Fragen mehr stellen und keine Antworten geben. Er hatte keine

Geschichten zu erzählen und keine Erklärungen abzugeben, keine Mißverständnisse auszuräumen, keine Einmütigkeit zu bekräftigen. Gespräche langweilten ihn. Niemals wäre er auf die Idee gekommen, man müsse zuerst alle Worte kennen, bevor man das Recht zum Schweigen erlangt hätte. Sein Innenleben mitzuteilen, war ihm zuwider. Er hatte nie viel geredet, denn er hatte keine Angst vor dem Zuhören und auch keine Sorge, sein Gegenüber würde etwas Furchtbares sagen. Ihn verstimmte nur das Geplauder, in dem alle zweitausend Worte die gleichen Wendungen und Redensarten wiederkehrten. Er verabscheute halbfertige Gedanken. Er hielt den Mund, weil er nichts mehr hören, weil er seine Stimme nicht mehr hören wollte.

Solange er noch sprach, mußten die anderen ihre Ohren spitzen. Einige beschwerten sich und forderten, er solle lauter reden. Er wollte nicht unhöflich erscheinen, fiel aber innerhalb weniger Minuten zurück in sein dumpfes Gemurmel. Je öfter man ihn bat, desto leiser wurde seine Stimme, nicht weil er sich den Anwürfen widersetzen wollte. Er hatte nichts mehr zu sagen. Zu manchen Vermutungen gab diese Wortkargheit Anlaß. Die einen glaubten, er würde dauernd nachdenken und käme deshalb kaum zum Sprechen. Andere hielten ihn für einen tiefsinnigen Denker, der alles Gerede der Sinnlosigkeit überführen wollte. Dritte wiederum befürchteten einen inneren Defekt. Der Mensch, so glaubten sie, sei vornehmlich ein sprechendes Wesen und habe Verstand allein dadurch, daß er immerfort redete. Aufmerksam belauerten sie jeden Laut, ermunterten ihn oder zeigten sich enttäuscht, wenn er sich verhaspelte oder ihm ein Wort nicht recht gelingen wollte. Man empfahl ihm, Fachleute aufzusuchen, sogar in ein Sanatorium wollte man ihn einweisen. Mitreden hielten sie für einen Beweis der Zurechnungsfähigkeit. Wer nichts sagte, der dachte wohl auch nichts, der könne offenbar nicht mehr folgen, weil außer den Stimmbändern auch sein Gehirn geschädigt sei. Schließlich unterzog man ihn eines Verhörs. Ausdrücklich sollte er vortragen, weshalb er nichts mehr sagte. Man versuchte es mit Fangfragen, um ihm ein paar Worte in den Mund zu legen, doch er durchschaute die List und verweigerte die Auskunft. Schriftlich berief er sich auf sein Schweigerecht. Niemand sei dazu verurteilt, in eigener Sache auszusagen, geschweige denn in der Sache eigenen Schweigens. Weitere Worte verlor er nicht. Niemandem gestand er zu, sein Schweigen zu verwalten oder es zeitweise zu verleihen, um es dann gegen viele Worte zurückzufordern. Er saß da und hielt den Mund.

Nach dem Verhör traf er alte Freunde, vor denen er keine unnützen Worte machen mußte. Zusammen saß man in der Runde, und plötzlich schien er zu einer Bemerkung anzuheben. Sein Körper straffte sich, er beugte sich nach vorn, damit er, falls er tatsächlich etwas sagen sollte, gehört würde und nichts wiederholen müsse. Auch die Zuhörer neigten sich ihm entgegen, damit ihnen keine Silbe entginge. So eng rückten sie zusammen, daß ihre Köpfe fast aneinander stießen. Stumm lauschten sie, was er sagen würde, obwohl sie längst wußten, daß es umsonst sein würde. Früher hatten sie noch gedacht, er könne den Schrecken der Stille nicht ertragen und müsse sein Schweigen irgendwann brechen. Doch mit der Zeit hatten sie begriffen, daß er sich nie und nimmer zum Äußersten treiben ließ. So schwiegen sie ohne Hoffnung. Sekunden vergingen, Minuten aufmerksamer Anspannung, bis er sich endlich in den Samtsessel zurückfallen ließ. Die Erleichterung war allgemein. Die Zuhörer glitten ebenfalls in ihre Sessel zurück, lächelten wissend und waren zufrieden.

Obwohl er schwieg, war er keineswegs unwillkommen. Zwar wußte keiner, was er dachte, und manche versuchten, am Wechsel der Gesichtszüge seine Gedanken zu erraten. Aber weil er nur den stummen Zaungast gab, störte er nicht weiter. Er war der angenehmste Zuhörer, er stellte keine Fragen und erwartete keine Antworten. Jenseits von Zwist und Zustimmung war er da. Unübersehbar saß er in seinem Sessel, das Gespräch schien über ihn hinweg zu gehen, und dennoch behielten sie ihn im Auge. Da er sich heraushielt, vermuteten sie ihn insgeheim in einer höheren Stellung. Aber zuletzt wußte keiner, ob er ihnen zuhörte und ob er überhaupt etwas verstand.

Er genoß die Einsamkeit der Stille. Anfangs hatte er geglaubt, alles sei nur ein Intermezzo, eine Erholungspause, nach der er, zu neuer Rede erfrischt, wieder Worte bilden und Sätze aussprechen würde. Für einen befristeten Stillstand der natürlichen Redewut hielt er das Schweigen, für ein wohldosiertes Tonikum, das Geist und Sprache beleben könne. Die Stille verliehe den Sätzen Gewicht und höhere Bedeutung, gäbe Zeit zur Besinnung und Gefühlsordnung. Schnell bemerkte er jedoch eine angenehme Leere, eine laxe Müdigkeit, die keinen weiteren Ansporn in sich trug. So schwand sein Redewille, dann und wann rutschten ihm noch halbe oder viertel Sätze aus dem Mund. Zwar vernahm er das Geräusch, doch hatten die Worte ihren Sinn verloren. Selten kam ein leiser Singsang zwischen den Lippen hervor, ein paar Silben, die er irgendwo aufgeschnappt hatte. Die halblauten Selbstgespräche hatten völlig aufgehört. Was sollte er zu sich sagen, was nicht auch wert gewesen wäre, es anderen zu sagen? Und was er anderen zu sagen vermied, warum sollte er es zu sich selbst sagen, um die Stimmbänder wach zu halten, um zu beweisen, daß noch etwas zu sagen sei? In Kindertagen hatte er sehnsüchtig auf die Stimme gewartet, hatte tief Atem geschöpft, allmählich die Luft aus dem Mund geblasen und seinen Worten nachgelauscht. Doch nun drang kein Laut mehr heraus. Kein Wort wollte sich mehr bemerkbar machen. Sogar der Klang war ihm entfallen.

Hin und wieder, wenn er sich an früher erinnert, bewegt er die Lippen, ohne etwas zu sagen. Er spricht zu sich, ohne daß ein Wort die Mundhöhle verließe. Auch kommt es vor, daß er weit außer sich zu sprechen scheint, so weit, daß er es selber nicht mehr hören kann. Aber der lautlose Redefluß kommt rasch ins Stocken. Das Schweigen ist ein Segen. Er atmet freier, seit er nicht mehr reden muß, seit er nicht mehr über sich zu anderen sprechen muß.

Geblieben ist eine kleine Stimme ohne Mund, ohne Kehlkopf, eine Stimme, die nicht einmal des Raunens und Räusperns fähig ist, eine Stimme, die niemand hört. Sie hinterläßt ihre Spuren einzig in seinem Kopf. Sie spricht nicht von ihm, sie spricht mit ihm. Manchmal schreit sie auf, beklagt sich, verfällt in elendes Gewinsel. Er haßt diese Stimme, die sich niemals beruhigen oder beschwichtigen läßt. Mit der Zeit ist sie immer lauter geworden. Wäre das Reden nicht eine Möglichkeit, dieser Stimme zu entgehen, sie zumindest in ihre Schranken zu weisen? Man könnte eine Weile vor sich hin sprechen, und dann herrschte Gedankenruhe im Kopf, für ein paar Minuten zumindest. Aber sofort räkelt sie sich von neuem, hebt das Haupt, sperrt das Maul auf und speit ihm die Worte ins Hirn. Gewährte man ihr Zutritt in den Mund, wäre sie zufrieden, würde fluchen und segnen, würde alles aussprechen, was sie zu sagen wüßte, und dann womöglich endgültig schweigen. Doch solange sie eingesperrt ist, redet sie unaufhörlich, ein einziger Wortstrom, unterbrochen nur von leisem Gebimmel und weißem Dröhnen. Nie ist wirkliche Stille, weder beim Einschlafen noch in den wachen Stunden in der Nacht. Sie spricht immerfort; sie ist sich ihrer ganz sicher. Denn sie weiß, daß nichts sie zum Schweigen bringen kann. Wollte er ihr das Maul verbieten, sie bestrafte ihn mit schallendem Gelächter. Sie sagt, was ihr beliebt, verkehrt die Silben, verschleift die Endungen, verliert sich in sinnlosem Gebrabbel, flüstert, predigt, mahnt und straft, belehrt und ermuntert, und will er sie beruhigen, jault sie auf, zetert und lacht, bis er ihr Ruhe und Existenzrecht gewährt. Trotzdem muß er Schweigen bewahren. Würde er jemandem von der Stimme erzählen oder ihr sogar das Rederecht einräumen, man würde ihn für verrückt erklären. Irgendwann, so hofft er, wird auch sie sich erschöpft haben, irgendwann muß endlich Stille herrschen. Aber sie scheint unbelehrbar. Ständig ruft sie dazwischen, übertäubt jeden Gedanken, bis zu dem Tage, da sie ihn verlassen wird. Besorgt lauscht er, ob sie noch da ist.

DIE UNNAHBARE

Sie hält das Szepter wie ein Schwert. An seiner Spitze funkelt ein blauer Saphir. Streng umschließt das düstere Kleid ihren Körper. Wie ein Harnisch schützt es sie vor der Gegenwart der anderen. Den Hals umschnürt ein schwarzer Stehkragen. Er stützt das erhobene Haupt, das stolz der Welt trotzt. Siegesgewiß sitzt sie auf dem kobaltblauen Thron. Niemand kann ihr etwas anhaben. Den Blick hat sie abgewendet. Am Stengel einer orangeroten Lilie hängt das geflügelte Haupt des göttlichen Schlafs. Zu ihren Füßen schwebt eine kristalline Blase, die das Bildnis ihrer Schwester im Herzen trägt. Mit dem Schwert schützt sie das Reich der Stille, mit dem Szepter wahrt sie die Geheimnisse der Einsamkeit.

Sie ist eine Schönheit abseits der Erde. Niemand kann zu ihr vordringen und den Kreis betreten, der sie zu umgeben scheint. Sie lebt in sich selbst, und sie lebt mit sich allein. Ihr Herz schlägt für niemanden. Sie atmet, riecht und schmeckt allein durch ihren Geist. Welt hat sie nur in sich selbst. Noch die zarteste Empfindung hat sie in hoffnungslose Regungslosigkeit gebannt. Niemand vermochte jemals ihre Sehnsucht zu erfüllen. Doch manchmal entbrennt eine wilde Gier, und sie verzehrt sich nach etwas, das nicht sie selbst ist.

Sie liebt das Zwielicht des scheidenden Tages, wenn das Lispeln des Grases ihr eine trübe Ahnung schenkt. Der Geist verliert seinen Halt, bizarre Idole tauchen auf, flüchtige Bilder von scharfkantigen Blumen, pulsierenden Broschen, schmiegsamen Rüstungen und Engeln mit gebrochenen Flügeln. Entkräftet dämmert sie vor sich hin, verliert sich in Freuden, welche die Welt niemals zu bieten vermag, verzehrt sich nach unerträglichen Gelüsten der Entrückung. Der Lasten des Lebens will sie sich endlich entledigen. Von Ferne dringen erste Vorzeichen zu ihr, und, aufgeschreckt zu halbem Erwachen, fühlt sie einen Augenblick lang, wie es sein wird, wenn die Augen ins Schwarze starren.

Schließlich entführt sie der Schlaf in die Höhle. Stumm wohnt dort die Ruhe des Vergessens. Kein Tier, kein Gras, kein Wort ist zu hören. Befreit von allen Gesetzen, regiert hier der einzige Gott, den sie anerkennt, der Bruder des Todes. Einen Altar hat sie dem Schlaf in ihrem Heim errichtet, einen Schrein des Kultes, vor dem sie morgens niederkniet, wenn sich der Himmel rot färbt. Blaue, weiche Fittiche entsprießen den Schläfen des Gottes. Sie halten ihn aufrecht in der Schwebe, da ihn keine Beine zu stützen vermögen. Sie aber trägt der Traum in die Sphären der Einsamkeit. Bilder tauchen auf und verschwinden, ohne sich an ihre Zeit zu halten, Bilder von Tannenwäldern, Säulenhallen, Gärten, Höfen, Brücken, verlassenen Portalen. Die Dinge wechseln Farbe und Form, vereinigen sich, spalten sich in ihrer Mitte. Kein Wille vermag sie zu beherrschen. Die Erscheinungen erzwingen ihre Anerkennung. Sie werden empfangen, erduldet, erlitten, aber niemals ergriffen. Die Souveränität des Tages ist nichts als ein Trugbild. Totes wird plötzlich lebendig, Lebendiges erstarrt zu Stein. Unausweichlich ist das Schicksal, und doch droht von dem Traum keine Gefahr. Er befreit ihre Seele von den Schmerzen des Tages, auch von den Leiden, die sie nicht wahrhaben wollte. Die fremden Gestalten schlagen keine Wunden; sie verwirren ihr Gemüt, aber verletzen sie nicht. Den Schrecken hat ihnen der Traum genommen. Er offenbart ihr das Fremde und erspart ihr die Erinnerung an das Furchtbare, befreit sie aus der Welt der Menschen. Nur mehr als Spukgestalten tauchen sie auf, zappelnde Masken, aufgedunsene Ungeheuer, die sie erdrücken und ihr den Atem rauben wollen. Einige schweben hochmütig durch die Lüfte, um wenig später versehrt in ihrem Totenbett zu liegen. Sie rufen, kreischen, schlagen um sich, wollen sie überwältigen. Aber kaum berühren sie die Spitze des Schwertes, zerplatzen sie wie Seifenblasen. Sie genießt dieses schwerelose Gaukelspiel von Verwandlung und Tod. Es zieht an ihr vorüber wie eine heitere Prozession der Zeit, in der sofort jedes Bildnis dem Vergessen anheim fällt.

Hin und wieder, wenn sich die Träume der Vergangenheit verflüchtigt haben, fliegt sie, ihres strengen Tageskleides ledig, über das Land, taucht in die Täler und Schluchten hinab, umkreist Berge und Türme oder läßt sich auf warmen Winden in die Höhe tragen. Langes, escheschwarzes Haar umweht dann ihren Körper, aufgespannt sind die gefleckten Flügel, kilometerweit erspäht ihr Auge die Beute. Sie stürzt sich vom Himmel herab, reißt das Fleisch von der Erde, trägt es hinauf und läßt es frohlockend aus großer Höhe hinabfallen. Sie bedarf keiner Nahrung, denn sie genügt sich selbst. In anderer Gestalt streift sie durch die Straßen, lauert an Häuserecken und Toreinfahrten, unsichtbar für alle Augen, die sie umgeben. Wehrlos fällt sie der Leidenschaft zur Beute. Sie wittert, was niemandes Nase zu riechen vermag. Tief dringen die Ausdünstungen der Körper in sie ein, die Wohlgerüche knusprigen Fleisches, die künstlichen Aromen, der Duft der Kleider. Unwillkürlich wird sie von einem Parfüm angezogen. Sie heftet sich an den jungen Mann, springt ihm auf die Schultern, beschnuppert Schläfe, Hals und Hand, zieht den Duft in sich ein, den Geruch von Leder und Moschus. Sie streift ihm um die Beine, kriecht hinauf, schmiegt sich sanft an seine Schulter und vergräbt die Nase in seinem Haar. Den Atem will sie ihm austrinken, sich an sein Fleisch krallen, sich mit ihrem Haar an ihn ketten. Umfangen werden möchte sie von seinem Wohlgeruch, einverleibt werden will sie von dem betörenden Luftstrom. Aber niemals darf sie bei dem Fremden verweilen. Der Duft verfliegt, und sie bleibt zurück, einsam wie während des Tages.

Niemand weiß etwas von ihren Träumen. Nie sagt sie etwas. Wird sie gefragt, würdigt sie den Fragenden keines Blickes. Unbewegt sitzt sie auf dem Thron in der heiligen Halle. Fühlt sie sich jedoch unbeobachtet, läßt sie das Szepter sinken und räkelt sich auf dem weichen Samt. Für einen Augenblick sind Stolz und Majestät verschwunden. Mit allen Fasern will sie die kurze Freiheit genießen, will eine ganz andere sein. Die strenge Haltung löst sich, die schmalen Finger streichen durch das kurze, rötlich flammende Haar. Das abweisende Kinn fällt leicht nach hinten, die Nüstern blähen sich, die Lippen öffnen sich einen Spalt für das brillant funkelnde Weiß der Zähne. Die graublauen Augen erstrahlen in seltenem Glanz. Strecken möchte sie sich, einen Moment hinausgreifen, die keuschen Lilien abreißen und sich dann zusammenrollen, ohne sich weiter schützen zu müssen.

Dieser Augenblick währt kaum länger als ein Wimpernschlag. Die Besucher bemerken nichts davon. Dreht sich einer um, sieht er sie gänzlich regungslos. Aufmerksam wird sie beobachtet, aber niemand wagt, sie anzusprechen oder gar zu berühren. Es ist, als glitten alle Blicke an ihr ab. Niemand vermag ihr Augenmerk zu erhaschen, obwohl ihre müden Augen weit größer sind als die gewöhnlichen Augen ihres Geschlechts. Stets scheint sie zur Seite zu schauen. Nie lugt sie nach den flüchtigen Wendungen der Köpfe. Sie fürchtet jeden Blick. Still sitzt sie da, um sich der Menschen zu erwehren. Wer sich ihrem Thron von der Seite nähert, erkennt nur ihr Profil. Wer von vorn herantritt, den blendet das Schwert. Das Funkeln des Saphirs überstrahlt ihre Augen. So getraut sich niemand, in ihre Nähe zu kommen. Nicht einmal ein Lächeln schenkt sie den Besuchern. Kein Hauch von Wehmut liegt auf ihren Zügen. Sie handelt nicht und reagiert nicht. Auch reizen läßt sie sich nicht. Ihre Ohren sind mit Wachs verschlossen. Sie glaubt, damit dem Gerede zu entgehen. Aber sie hört auch das Schweigen nicht, die stumme Ehrfurcht und stille Scheu. Nur einige wagen zu flüstern, sie verbergen den Mund in der hohlen Hand, murmeln monoton ihre Betformeln. Allein die Priesterinnen in den schwarzen Gewändern schwatzen lautstark miteinander, sobald der Tempel leer ist. Sie sind hier zuhause, von ihnen wird sie kaum beachtet. Hin und wieder verirren sich jedoch ein paar Kinder in die riesige Halle. Sie toben herum, verstecken sich hinter den mächtigen Säulen und greifen nach allem, was sie zu fassen bekommen. Mit fröhlichem Gelächter zupfen sie an ihrem Rocksaum. Sie wollen wissen, ob sie lebendig sei oder tot. Sie schneiden Grimassen, betteln um Gehör, tanzen um sie herum, springen zu ihren Füßen auf und ab. Sie hört davon nichts, aber ihre Augen erkennen sofort, wie mitreißend das Leben sein kann, in welch unschuldiger Freude die Seele umhertollt, sobald sie den heiligen Raum in einen Festsaal der Kindheit verwandelt hat. Dann beugt sie sich herunter, um den Kindern zärtlich über den Kopf zu streicheln. Doch wenn ihre Augen sich den lachenden Gesichtern nähern, erschrecken sich die Kinder zu Tode und laufen schreiend davon.

EINE LEHRSTUNDE

In der Ferne brennt ein Dorf. Am Himmel gleitet ein geflügeltes Ei dahin, auf dem ein Lurch hockt. Der Hinterleib eines Storchs hat sich in ein aufgetakeltes Schiff verwandelt. Über sumpfigem Gewässer erhebt sich eine Plattform, auf der ein elegant gekleidetes Paar einer gemischten Gesellschaft Getränke kredenzt. Ein Bettler hinkt herbei und zieht einen stacheligen Schweif hinter sich her. Auf dem Schweinekopf des schwarzen Ritters brütet der Steinkauz. Auf einer Ratte reitet eine Mutter mit ihrem Kind. Ihr Körper ist aus einem Baumstumpf und einem Eidechsenschwanz zusammengewachsen. Davor kreuzt eine riesige Ente ohne Kopf, die einen Mann verschluckt hat. Fahrt gewinnt die Gondel durch ein Segeltuch, auf dem ein gedörrter Rochen erscheint. Auf einer gerupften Gans mit einem Schafskopf sitzt eine gepanzerte Kreatur mit Pferdeschädel und spielt die Laute. Inmitten des Spektakels kniet der Einsiedler und blickt herüber. Er hat den Besucher schon erwartet. Beiläufig hebt er die Hand zum Gruß.

Keiner der Dämonen greife ihn mehr leibhaftig an, berichtet er lächelnd. Vor Jahren seien sie noch weniger rücksichtsvoll gewesen; damals packten sie ihn und entführten ihn in die Lüfte. Als er halbtot auf der Erde aufschlug, trugen ihn die Freunde davon. Daraufhin erschien in einem hohlen Baum die nackte Verführerin, der schwarze Teufel klammerte sich an einen halbgedeckten Tisch. Brot und Wein versprachen Linderung von der Hungerqual. Tag für Tag, Nacht für Nacht kehrten sie zurück, die Krüppel, Kopffüßler und Zwitterwesen. Nichts konnte ihnen etwas anhaben. Sie entstammen einer anderen Welt. Eine Laune der Schöpfung hat sie aus aufgewucherten Überresten zusammengefügt. Seitdem erscheint Großes winzig und Kleines riesenhaft; Weiches wird durchstoßen, Rundes birst auseinander, Aufgeblähtes platzt, sobald es angestochen wird. Früher berührten ihn die Luftgeister noch am Nabel und plagten ihn bis zur Erschöpfung. Nun, in der Lebensmitte, begegne er ihnen mit Gleichmut. In lichteren Stunden wisse er, daß die Dämonen Ausgeburten seiner Phantasie sind, Heimsuchungen der Seele, düsteres Traumwerk. Doch in Wirklichkeit seien die Mißgeburten der Einbildungskraft alles andere als harmlos.

Der Eremit bittet den wißbegierigen Besucher, auf der Matte Platz zu nehmen. Langsam sind seine Gesten, kraftlos stützt er sich auf den krummen Stab. Bis zur Hüfte ist er von Haaren verhüllt, die von Staub, Sand und Dornen starren. Die erdbraune Haut hängt schlaff um seine mageren Glieder. Das Lächeln legt fahles Zahnfleisch bloß. Wer in der Wüste nach Herzensruhe sucht, so beginnt er die Unterrichtung, der muß sich dreier Bedrängnisse erwehren: des Hörens, des Redens und des Sehens. Der Weg ist lang, denn die Einsamkeit muß der Gesellschaft abgetrotzt werden. Auch ihn hätten die Menschen nie allein gelassen. Nachdem er sein Erbe verschenkt und seine Schwester in ein Jungfrauenhaus gegeben hatte, begann er mit den Entbehrungen am Rande seiner Vaterstadt. Um dem Zulauf der Besucher zu entgehen, verlegte er seinen Wohnsitz jedoch bald in eine Gräberstätte in der Wüste. In dem Totenreich hausten damals Spinnen und Skorpione. Auch dort war den Neugierigen nicht zu entkommen. Immer warteten sie gespannt, was der Herr mit ihm tun würde. Wenigstens die Schüler wahrten Respekt; in gebührendem Abstand lebten sie zu seinem Kellion. Dennoch überquerte er schließlich den großen Strom und ließ sich hier auf dem Berg am Meer nieder. In den Ruinen des verlassenen Kastells habe er einen kleinen Garten angelegt und versorge sich seitdem mit dem Flechten von Körben, die er bei fahrenden Händlern eintausche. Besuchern schenke er Rat und Heilung, mit dem Kaiser wechsele er gelegentlich Briefe. Die Kirche habe ihn gegen seinen Willen zum Volksheiligen erhoben. Tausende tun es ihm mittlerweile nach und bevölkern die Wüste. Zwischenzeitlich waren Wallfahrten zu den Einsiedeleien sogar Mode. Ganze Schiffsladungen vornehmer Damen kamen aus der Metropole über das Meer. Er habe die Stadt verlassen, sagt er, sei vor den Frauen und vor dem Bischof geflüchtet, habe seine Rechte aufgegeben und seine Habe verteilt. Aus der Welt sei er geflohen, um Gott zu finden. Aber in der Wüste habe ihn die Welt wieder eingeholt.

Er lebt allein, aber nicht verlassen. Die Brüder besuchen einander, auch über weite Entfernungen. In der Kolonie hat jeder seine Hütte eigenhändig aus Lehm und Schilf gebaut, mit flachem Dach, ohne Tür. Die Not des Überlebens zwingt zum Handel. In der nächsten Siedlung werden die Matten, Körbe und Krüge gegen Brot und Kleidung getauscht. Es ist der Hunger, der die Menschen gesellig macht, nicht die Sprache, nicht das Denken, nicht der Geschlechtstrieb. Die Schüler benötigen einen geistlichen Führer, der sie begleitet und sie vor den Irrwegen des Glaubens schützt. Ihm, dem Meister, habe der Novize jederzeit seine innere Welt offenzulegen. Kein Geheimnis dürfe er zurückhalten. Denn das innere Versteck sei ein Tummelplatz der Geister. Nur die Beichte vertreibe die Dämonen des Privaten.

Er richtet sich auf und hebt beschwörend die rechte Hand. Dem Eremiten sei aufgetragen, die Oasen seiner Wünsche auszutrocknen. Jeden Eigensinn habe er zu löschen, der vom Heilsweg abführen könnte. Einsamkeit, berichtet er freimütig, befreie zwar von den Gelüsten der Gesellschaft, aber sie peinige Geist und Seele. Sind die äußeren Reize getilgt, beginne der Kampf gegen sich selbst, gegen die unkeuschen Gedanken, gegen die Versuchungen der Einbildungskraft, gegen die Gier nach Trank, Speise und Liebe, nach Reichtum und Ruhm. Vor diesen irdischen Verlockungen bewahre allein die Wüste. Die Wüste sei der Weltraum. Nur wenig Nahrung und Kleidung benötige er hier. In dem Ozean aus Sand und Schutt führe er ein Leben, das ihn ganz auf sich selbst zurückwerfe. Aber diese Leere öffne ihm Geist und Seele. Die Einöde führe zu innerer Verödung. Aber dadurch gewähre sie Einlaß in höhere Sphären. Die Wüste ist ein Ort des Nichts: kein Wasser, keine Fauna, kein Regen, kein Brunnen. Tagesmärsche ist die nächste Siedlung entfernt, keine Macht reicht bis in diese unwirtliche Region. Jenseits der Gesellschaft liegt dieser grenzenlose Raum; bis zum Horizont nichts als Geröll. In weitem Bogen zeigt er hinaus in die Ferne. Der Sturm verwehe die Spuren und Wegzeichen, Staub mache den Wanderer blind. Aber Schlangen, Durst und brennender Sand seien süß für die Tugend; die Ausdauer gefiele sich in harten Prüfungen. In der Wüste wachse der Mensch über seine Sterblichkeit hinaus. Nirgendwo sei er derart den Elementen ausgeliefert. Tag und Nacht streiche der Feind um die Einsiedelei. Hunger und Durst seien die Gefahren für den Körper, Irrsinn und Schwermut die Qualen des Geistes.

Der Eremit liebt die Einsamkeit. Sie öffnet ihm das Herz und reinigt den Geist von allem, was nicht Gott ist. Einsamkeit, so beschwerlich sie ist, stärkt den Wunsch nach weiterer Einsamkeit. Das Gebet, jene Zwiesprache mit Gott, ist keine Fürbitte. Religiöse Erfahrung, welche die Person als ganze durchdringt, entspringt nicht dem Gespräch, sondern der sinnlichen Empfindung. Seinen letzten Grund hat der Glaube in der Anschauung des Heiligen. Dem Gläubigen ist die sichtbare Welt nur Teil eines höheren, geistigen Universums. Mit wachen Sinnen erkennt er die Engel und Seelen der Propheten. Er hört ihre Stimmen, lauscht dem Gesang der Seligen, vernimmt Trost und Weisung. Ganz und gar ist er vom Göttlichen ergriffen. Das Heilige wird empfangen und empfunden, nicht durch eigenes Tun hervorgebracht. Offenbarung ist keine Frage des Willens, verkündet er, sondern ein Widerfahrnis des Geistes. Weder logische Deduktionen noch die Riten der Gemeinde oder die Auslegung der Schrift vermögen jenes heilige Licht zu entzünden, das den Gläubigen blendet und seinen Blick niederzwingt. Nicht das Buch, das Herz enthält die frohe Botschaft.

Die Verwandlung beginnt mit der Abtötung des Körpers. Wer sich den Bauch vollschlägt, nährt den Appetit und reizt die Sinne; die Begierde aber zieht Zorn, Wut und Lust nach sich. Hunger indes erschafft den Körper neu. Er löscht das überschüssige Feuer und versetzt ihn zurück in den Zustand des Anfangs. Dazu bedarf es strenger Enthaltsamkeit. Er bittet den Besucher, einen Blick in die Hütte zu werfen. Im Innern sind ein Krug und eine Matte zu erkennen, in der Mitte ein Brett, auf dem Rollen beschriebenen Papiers liegen, da und dort Fasern von Flechtwerk, ein Messer, ein Korb, ein kleines Kreuz. Das Fasten ist eine Übung in körperlichem Gleichgewicht. Es bezwingt die Gier des Magens und die Verlockungen der Einbildungskraft. Die größte Bedrängnis ist, wie er sagt, nicht die Lust, sondern der Heißhunger. Stets sucht die Phantasie nach einem Vorgeschmack auf das Paradies, auf die Erlösung der Sinne: riesige Äpfel, Weintrauben, exotische Früchte, Laibe von warmem, weichem Brot. Das Fasten dagegen lehrt den Geist Genügsamkeit. Es entzieht dem Körper Energie und gewöhnt ihn an Sparsamkeit. Die würdevollen Gesten des Asketen, sie haben ihren Grund in der Entkräftung des Körpers, durch zahllose Nachtwachen, endloses Beten, Arbeiten und langes Fasten.

Nicht Haß auf den Kerker des Körpers veranlaßt den Eremiten zur Verödung der Begierde. Seine Askese ist keine Selbstkasteiung, kein Exzeß der Flagellation. Er verabscheut das rhythmische Geschrei der Selbstbestrafung. Seine Methode ist stumm und konzentriert. Seine Weltflucht strebt nach innen, nicht nach außen, sie will nicht den Rausch des Schmerzes, nicht die Menge, welche den Büßer anstachelt, bis er außer sich gerät. Der Eremit verachtet das Schauspiel der öffentlichen Sühne. Zuschauer sind ihm zuwider. Nie wäre er auf den Gedanken gekommen, berichtet er, sich eine Säule errichten zu lassen und Jahre darauf zuzubringen, geschützt von einem niedrigen Gitter, damit er beim Kniefall nicht herunterfiele. Mit solcher Akrobatik komme man Gott im Himmel keinen Millimeter näher. In der luftigen Höhe berühre den falschen Asketen keine Wahrheit. Die Säule sei nur eine Plattform der Selbstgerechtigkeit, ein Podest für jene Weltsicht, der alles entgeht, weil sie auf alles herabsieht. Bewundert wolle er werden und ein Spektakel bieten, die Säule sei nichts als eine Hochbühne der Scharlatanerie. Auch er, der Eremit, wende sich gegen den Körper, aber nicht um ihn im Schmerz zu zerreißen, sondern um ihn zu demütigen. Die Sinne und Leidenschaften, diese Quellen des Bösen, trete er mit Füßen. Nicht aus Schmerzenslust quäle er den Körper, er erlege ihm Entsagung auf, um ihn zu reinigen. Die Entbehrung befreie von den Lasten der Welt. Niemand wird je ein Heiliger sein, der nicht zuerst seinen Leib heilig gemacht hat.

Er überreicht dem Gast den Krug mit Wasser. Der Zermürbung des Körpers, fährt er fort, folge die Disziplinierung des Willens. Zielstrebigkeit verenge den Blick und ordne die Energie der Begierde unter. Der Wille kanalisiert die Gedanken und hält die Nerven in Erregung. Der Wunsch will dem Mangel entkommen, aber er fesselt den Menschen so lange, bis er endlich erfüllt ist. Erst die Zähmung des Willens befreit aus dem Gefängnis von Eigensucht und Enttäuschung. Ruhe ist nur zu finden, wenn man seinen Willen hinter sich wirft. In der Ruhe der Seele ist kein Platz für quälende Wünsche, für Berechnung und Verdrossenheit. Gegen die Dürftigkeit der Welt anzukämpfen, ist sinnlos. Nicht der straffe Körper ist das Ziel der Askese, sondern die Heiterkeit des Herzens, die Unempfindlichkeit gegen die Drangsal des Begehrens, die offene Begegnung mit den Gefährten. Ist der Dämon des Willens besiegt, eröffnet sich eine neue Welt: die gelassene Anerkennung der Tatsachen, der Dank für die Gnade der Schöpfung.

Die Dämonen machten sich vielfach bemerkbar, bekennt er, in Eingebungen, Visionen, fixen Ideen. Dagegen helfe nur die heilige Meditation. Sie widersteht den Wucherungen der Assoziation und baut ein Sperrwerk gegen den Strom flüchtiger Ideen. Alle Gedanken blendet die Meditation aus, alle Erinnerung an die niederen Instinkte. Streng ist diese Gedankenkontrolle, jede Ablenkung ist verboten. Die Außenwelt ist bedeutungslos. Aber diese Geistesdisziplin ist nur die Vorstufe für die Weitung der Kontemplation. Die Begegnung mit dem Heiligen erlegt den Sinnen Schweigen auf. Die Seele gerät in eine köstliche Einöde. Im Zustand der Erleuchtung besagen Worte oder Bilder nichts. Die Seele ist aller Reize und Anfeindungen ledig; sie ist ein Gefäß, erfüllt allein von Gott. Die Last des Körpers ist endlich abgestreift, und auch das Bewußtsein für sich selbst ist vergangen. Der innere Riß, der den Menschen durchzieht, ist geheilt. Die Gegensätze sind aufgehoben. Leib und Körper, Ich und Welt sind eins. Er rieche und schmecke, was er sehe, erzählt er, Freude und Erhabenheit erfaßten ihn im anderen Zustand. Der Geist erscheint wunschlos, ziellos, grenzenlos. Wo zuvor Wille und Eigensinn regierten, ist nichts mehr. Das Schauen ist nur mehr passive Empfänglichkeit. In der Kontemplation, so sagt er, höre er auf, er selbst zu sein. Er müsse sich nicht mehr selbst bemerken. Ganz in Gott versunken, habe er sich selbst vergessen. Alle Unruhe sei vorbei, jeder Impuls erloschen. Indem er sich selbst hinter sich gelassen habe, finde er Frieden und Ruhe.

Aber, betont der Eremit, während er sich langsam erhebt, nur strenge Arbeit an Körper und Geist bringe den Menschen in Berührung mit Gott, nicht plötzliche Erweckung oder Bekehrung. Nur die Askese der Einsamkeit verwandle die Existenz. Demut, Geduld, Keuschheit und Armut führten in die Gefilde der gelassenen Heiterkeit, des lächelnden Ernstes. Frei von inneren Zerwürfnissen, Widerständen und Leidenschaften, geschützt vor Trauer, Zorn und Eitelkeit, erlange man die Einheit von Körper und Geist, Gott und Welt.

Mit mildem Blick mustert der Eremit den Besucher. Auch wenn sich ein Heer von Dämonen gegen ihn legte, er fürchte sie nicht. Alle Heimsuchungen hat er willig hingenommen, um der zu werden, der er ist. Unerschütterlich ist sein Blick. Er hat alles Unheil gesehen. Und er hat gelernt, die Peiniger zu übersehen. Nichts sind sie als unbedeutendes Gelichter. Es ist ein Blick aus einer anderen Welt, in der kein Schmerz, keine Versuchung, keine Todesangst die Gewißheit des Heils anzufechten vermag. Zum Abschied segnet er den Besucher, legt ihm beide Hände auf die Schultern und geht zurück in die Hütte.

ENTTÄUSCHUNGEN

Niemand sah ihn nachts in die Stadt kommen. Vor dem Portal hob er die Hand und spreizte die Finger. Wenige Tage später wußten alle, daß er aus den Bergen stammte und seine Heimat auf der Hochebene hatte, in einem der Gehöfte womöglich, zu denen im Herbst keiner mehr aufstieg. Niemand kannte seine Eltern, und auch sein Name blieb unbekannt, denn er sprach kein Wort von sich. Er schien etwa vierzig Jahre alt zu sein, sein Gesicht war schmal und von dichtem Haar umrahmt. Sein Blick ging weit hinaus, auf einen fernen Punkt, den niemand sah außer ihm selbst. Wer mit ihm sprach, den verließ nie der Eindruck, daß er von dem Blick des Fremden durchbohrt würde. Die Wunden an den Händen waren schon vernarbt. Er hatte sie sich aufgeschürft, als er den Bachsturz hinabgeklettert war und auf dem nassen Stein den Halt verloren hatte.

Sein Lager schlug er unweit des Portals auf. Dort schlief er, dort aß er, was ihm die Einwohner brachten, und dort sprach er zu allen, die mit ihm reden wollten. Meist wagten sich nur ein, zwei Leute in seine Nähe. Eine seltsame Scheu ergriff sie, wenn er sich ihnen zuwandte. Nur selten fragte er nach ihren Sorgen, ihrem

Unmut, ihren Gebrechen. Geduldig hörte er zu, ohne ihnen einen Rat zu geben. Nie drang er in sie, nie forderte er etwas und nie mahnte er zur Umkehr. So sehr er sich den Menschen widmete, er schien unermeßlich weit entfernt. Die meisten, die ihn aufsuchten, wollten ihr Los beklagen, andere fragten nach Brot oder Wein, nach einer Arbeit oder nach den Wagnissen einer Reise. Wieder andere suchten Entlastung von einer seelischen Bürde. Nur wenige kamen, um nach dem Sinn eines Traums zu fragen. Allen hörte er zu, doch niemandem nahm er etwas von seiner Last. Viele gingen enttäuscht, nur wenige erfrischt oder ermuntert. Immerhin hatten sie gesagt, was sie bedrückte.

Einmal am Tag, wenn die Sonne am höchsten stand, hielt er eine kurze Rede. Seine Stimme war nicht laut, doch sie trug über den ganzen Platz. Nur wenige Passanten blieben stehen, ein kleines Häuflein von Neugierigen, darunter ein paar spottbereite Zuhörer, die ihn mit Zwischenrufen zu verwirren suchten. Die Mehrzahl jedoch ging vorüber oder wandte sich kopfschüttelnd ab. Gute Menschen waren darunter und schlechte, alte und junge, gebildete und ungebildete. Doch sie verstanden ihn nicht, und sie wollten nicht gestört werden. Einfache Worte sprach er, aber er verkündete nichts und sagte nichts voraus, weder kommendes Heil noch baldiges Übel. Er mahnte nicht zur Einsicht, nicht zu Brüderlichkeit, Duldsamkeit oder Gerechtigkeit, er verdammte keine Sünden und keine Gottlosigkeit. Er versprach nichts, verhieß nichts, erließ keine Leitsätze. Auf Bücher und Schriften berief er sich nicht, niemanden zieh er des Abfalls von alten Worten, er klagte nicht, trauerte nicht, sprach kein Urteil, griff niemanden an. Verwirrt waren die Zuhörer, weil sie all die gewohnten Sätze vermißten, die über Jahrhunderte ihren Verstand benebelt hatten. Er geißelte nicht die Zustände in der Stadt, brandmarkte nicht das Glück der Frevler und Treulosen, bat nicht um Rache an den Feinden. Er betete nicht um Vergebung und erflehte keine Rettung von all dem Ungemach. Er habe, so sagte er einmal, keine Botschaft, er risse nichts ein, verderbe nichts, baue nichts auf, pflanze nichts ein. Seine Gegner erwähnte er nicht einmal. Auch die falschen Propheten waren ihm keine Silbe wert. Von den einfachen Dingen sprach er vielmehr, von den Dingen, die jedermann kannte, vom Geschwirr der giftigen Fliegen, vom Gesindel, von den Seildrehern, die ihren Faden in die Länge ziehen und dabei stets rückwärts gehen. Über die Schmerzen der Weisheit redete er und über das falsche Glück der Torheit, über die Tollheit der Hoffnung, das Elend des Ruhmes, die Schrecken der Ewigkeit. Er sprach hinaus in die Welt, und er wußte, daß sie ihn nicht begreifen würde.

Eines Tages, er hatte seinen Vortrag gerade beendet, eilte eine junge Frau zu ihm. »Was verkündest Du?«, fragte sie ihn wißbegierig. »Nichts, nichts als die Wahrheit«, erwiderte er. »Und von welcher Wahrheit sprichst Du?« – »Es gibt nur eine Wahrheit«, sagte er, »meine Wahrheit ist auch Deine Wahrheit. Sie besteht darin, daß der Mensch nur einmal stirbt.« Sie schüttelte den Kopf: »Du sagst, der Mensch stürbe nur einmal!

Aber das weiß doch jeder! Für eine Wahrheit, die jedes Kind kennt, stehst Du tagtäglich hier?« – »Keiner von euch weiß es«, flüsterte er ihr zu, »wenn Du es wüßtest, suchtest Du nicht bis zur letzten Minute verzweifelt nach dem Glück.« – »Das verstehe ich nicht«, antwortete die Frau, »selbst wenn Du recht hättest, was hätte ich von einer Wahrheit, die mir die Sehnsucht nach dem Glück raubt?« – »Nichts hast Du davon. Die Wahrheit bringt keinen Nutzen. Die Wahrheit macht nicht glücklich. Sie ist nicht dazu da, Dich glücklich zu machen.« Da erlosch das Lächeln auf dem Gesicht der Frau, und sie ging davon und fand keine Ruhe mehr.

Sechs Tage später suchte ihn eine Dame aus der besseren Gesellschaft auf. Sie war noch in den mittleren Jahren, aber ihr Rücken war bereits leicht gebeugt. Das schwarzglänzende Haar hatte sie streng zurückgekämmt, am linken Ringfinger trug sie einen schmalen, goldenen Ring. »Du sagst, daß jeder nur einmal lebt. Warum quälst Du die Menschen mit dieser Wahrheit, warum hast Du kein Erbarmen mit Ihnen?« – Er hatte die Frage erwartet, denn in der Stadt redeten sie unaufhörlich von Mitleid und Mitgefühl. Sie sehnten sich nach Gesten des Zuspruchs und nach Worten der Anteilnahme. Die Klagegeister waren Legion, die Jammergestalten und Schmerzensjünger. Viele wollten, daß er ihr Leid teile; herzzerreißend klangen manche ihrer Erzählungen, nicht weil ihre Leiden unerträglich und die Seelen untröstlich gewesen wären. Wahre Meister waren sie in der Kunst, sich selbst zu bedauern. So erniedrigten sie sich, um ihm den Herzenstrost abzutrotzen. »Warum soll ich die Menschen wegen ihres Todes bedauern?«, erwiderte er, »die meisten sterben zu spät. Und wie sie jammern und flehen – als verdammten sie ihre Mütter für ihre Geburt. Das Allerbeste für sie wäre, überhaupt nicht geboren zu sein. Wollte einer an ihrem Los teilnehmen, er würde seines Daseins fluchen. Ist der Tod nicht eine Erleichterung? Ein Leben genügt vollauf. Seien wir dankbar gegen alles, was hinter uns liegt. Nur wer nach Unsterblichkeit lechzt, für den ist es ein Unglück.« – »Aber will nicht jeder ewig sein, zumindest in seinen Kindern und Kindeskindern?« – »Gewiß, sie zeugen Kinder und gebären Unglück«, sagte er zu der Witwe, »und sie wissen genau, daß sie ihr Unglück in ihren Kindern fortsetzen. Daher ist es gut, daß die Eltern ihren Nachkommen Platz machen. Wie sollten die Kinder leben, wenn die Ahnen noch am Leben wären? Sie hätten keine Luft zum Atmen. Am Ende wird jedes Menschenkind sterben. Niemand wird es beweinen und begraben. Niemand schert sich mehr das Haupt kahl oder ritzt sich die Haut.« Da zog die Frau ihren Ring vom Finger und warf ihn in den Sand.

Zwölf Tage darauf traten die Vorsteher der örtlichen Priesterschaft und Parteiungen vor ihn und beschuldigten ihn, den Menschen die Hoffnung zu rauben. Als Volksverhetzer klagten sie ihn an, als Verderber der Sitten, als Lügner und Ketzer. Vom rechten Glauben bringe er die Menschen ab, vom Glauben an die Götter, an den Fortschritt, an die Gemeinschaft, an die Barmherzigkeit. Alle Werte ziehe er in den Schmutz, alle Verheißung verhöhne er, alles Vertrauen zerstöre er. Sofort solle er aus der Stadt verschwinden, oder man werde ihn in eine Schlammgrube werfen, damit er dort elend verhungere. Einige Vorbeter wollten ihm sogleich die Zunge herausschneiden oder ihn in den Kerker sperren. So aufgebracht waren sie, daß sie fast handgreiflich geworden wären, hätte der Oberpriester sie nicht in die Schranken gewiesen. Mit einem Wink hielt der weißhaarige Greis die Ankläger zurück und stellte sich, gestützt von zwei stummen Gehilfen, schützend vor ihn. »Weshalb bist Du gekommen, uns zu stören?«, hielt er ihm vor, »wer gibt Dir das Recht, mit leeren Händen zu kommen? Du predigst Enttäuschung, Du schleifst die Idole und Ideale durch den Staub, Du ruinierst die Hoffnung. Aber die Menschen sehnen sich nach Vereinigung und Nachkommenschaft, einen Bund wollen sie schließen, um nicht allein zu sein. Sie verlangen nach Wundern in den Stunden der Qual, nach Antworten für die Zukunft, nach dem Glauben, daß es einen Sinn hat. All dies nimmst Du ihnen, und das ist Aufruhr, Lästerung, Niedertracht!«

Viele hatten sich versammelt, während der Oberpriester seine Anwürfe vortrug. Als er geendet hatte, trat er einen Schritt zurück und wartete. Der Prophet hatte ihn die ganze Zeit mit seinen blassen Augen gemustert, ohne eine Miene zu verziehen. Nicht einmal ein Lächeln umspielte seine Lippen. Unter den Zuhörern wagte niemand, etwas zu sagen. Alle mußten sie die Stille ertragen. Der Greis wollte eine Erwiderung, eine Erklärung, notfalls eine Rechtfertigung. Er haßte die geifernde Meute, ihren Blutdurst, ihre tiefe Gier nach Schuldigen, nach dem gerösteten Opferfleisch. Er war gekommen, er sollte ihm etwas sagen, ein Wort nur, ein einziges Wort. Beinahe hätte er ihn darum angefleht. Da hob der Prophet die Hand und wies direkt auf die Brust des Alten: »Enttäuschung erfährt nur, wer sich vorher getäuscht hat. So mutlos bist Du, daß Du den Menschen Hoffnung predigst? So sehr verachtest Du die Gegenwart, daß Du sie der Zukunft opferst? So töricht bist Du, daß Du auf die Zuversicht baust? So blind bist Du, daß Du nur dem Glauben, nicht Deinem Auge traust? Und so närrisch bist Du in Deinem hohen Alter, daß Du noch immer hoffnungsfroh ausharrst?« Bei jedem Satz zuckte etwas in dem greisen Priester zusammen. Jedes Wort traf ihn, den besorgten Hirten, der den Menschen die Welt so einrichten wollte, daß sie ihrer Bürden ledig würden. Die Vorbeter, Vorsteher und Vordenker jedoch schäumten vor Wut. Erkannt fühlten sie sich, die falschen Künder des Glücks, die Prediger der unwahren Moral. In ihrem Glauben an sich selbst fühlten sie sich getroffen, in ihrem selbstgesetzten Recht, den Menschen die Zukunft zu weisen, um sich selbst unsterblich zu machen. Beleidigt waren sie über die unverfrorenen Fragen, die ihrem Dasein die Grundlage entzogen. Sie haßten ihn für die Wahrheit, und sie nannten ihn eine Gefahr für die Menschheit. Steinigen wollten sie ihn, verbrennen, aus der Welt schaffen. Der Oberpriester indes hielt sie ab und schickte sie zurück in ihre Häuser und Tempel. »Geh hinauf in die Berge und kehre niemals wieder«, sagte er zu dem Propheten, »bist Du morgen noch da, werden sie Dich vernichten. Alle werden sie da sein, jene, die Dich hassen, und jene, die Dich lieben, und alle, die Dich nicht verstehen. Sie wollen niemanden hören, der ihnen sagt, wie sehr sie sich täuschen. Ich kann Dich nicht länger schützen.« Daraufhin geleitete er den Propheten vor die Mauern der Stadt. Und sie trennten sich voneinander, der Greis und der Mann aus den Bergen, lächelnd, gleichwie zwei Weise lächeln.

NUMMER 403

In Ketten brachten sie ihn zurück. Acht Kilo Eisen mußte er auf den letzten Kilometern mit sich schleppen. An den Sprunggelenken blutete er bereits, jeder Schritt scheuerte die Wunde weiter auf. Die beiden Jäger machten sich einen Spaß daraus, ihm die Kolben in die Nieren zu stoßen. Vor der Geröllhalde, unweit der Hütten traten sie ihn zu Boden. Er krümmte sich und schrie vor Angst. Sie aber schulterten ihre Gewehre, blickten belustigt in die Runde und stolzierten davon. Als von ihnen nichts mehr zu sehen war, zog jemand den Geschundenen in seine Hütte, legte ihn auf das verdreckte Stroh und bettete seinen Kopf etwas höher. Die Fetzen der Windjacke streifte er ihm vom Körper. Dann überließ er ihn den Läusen und Wanzen, die sofort über ihn herfielen.

»Nummer 403 hat Glück«, sagte der Ortsvorsteher zu dem Reisenden und zeigte zur Hütte, »sie haben ihn nicht erschossen, und die Kameraden haben ihn nicht verprügelt. Alle kommen sie zurück, früher oder später.« – »Tot oder lebendig?« – »Meist lebend, manche auch freiwillig, sobald sie merken, daß es aussichtslos ist«, der Vorsteher grinste, »der Wald treibt sie zurück«. Er war ein kräftiger, blonder Mann mit einem derben Gesicht und grünblauen Augen. Nichts schien ihn aus der Ruhe zu bringen. Nase, Brauen, Kinn und Stirnfalten wirkten wie aus Holz geschnitzt. Er trug einen wattierten Mantel, eine Mütze aus Kunstpelz und alte, bewährte Lederstiefel. Es waren diese Stiefel, die ihn von den anderen Bewohnern unterschieden. Das Überleben entschied sich durch das, was die Menschen an den Füßen trugen: Schuhe aus Bast, Filzlappen, Gummigaloschen oder aber Stiefel aus echtem Leder. Nur sie hielten dem Winter stand, dem Schnee, dem Eis; nur sie schützten im Sommer vor den Mücken und dem Morast in den Sümpfen.

Der Reisende versuchte, sich alles einzuprägen. Er hatte von der Aufsichtsbehörde eine Sonderweisung für den Sperrbezirk erhalten. Man hatte diese Siedlung ausgewählt, weil sie, wie es hieß, typisch für die Verhältnisse in den Wäldern sei. Die Propellermaschine war auf der Buckelpiste gelandet, einer Schneise, die man zu einer Art Landebahn planiert hatte, auf der aber nur geübte Piloten unbeschadet wieder starten konnten. »Wie wär's mit einem kleinen Trunk?«, fragte der Vorsteher, der seine Hände in den Manteltaschen vergraben hatte. Sie gingen den aufgeweichten, von Pfützen übersäten Weg hinunter, vorbei an ein paar armseligen Lehmhütten, Holzstapeln, Plastikeimern, Erdgruben. Neben einigen Hütten waren Gehege eingezäunt für ein paar Hühner, eine Ziege, zwei Schafe. Er warf einen Blick in eine der Behausungen. Sie war fast leer, der Boden bestand aus festgetretenem Lehm, in den Ecken lag angefaultes Stroh, davor zwei selbstgezimmerte Hocker, ein Tisch, eine Schüssel mit Speiseresten, keine Bilder, keine Bücher, zwei Becher, zwei Kisten für die Ersatzgarnitur, ein eiserner Ofen. Jede Hütte war doppelt belegt: eine Zelle für zwei Personen. Rechts neben dem Eingang war ein Schild in den Boden gerammt, darauf zwei halbverschmierte Nummern, mit Kreide gekritzelt, um sie abwischen zu können. Zwei Nummern hausten jeweils zusammen, keiner sollte allein sein, weder am Tag noch in der Nacht.

Der Vorsteher regierte uneingeschränkt in der kleinen Siedlung, doch schien er nicht den geringsten Gefallen an seiner Stellung zu finden. Lustlos stapfte er den Weg hinunter und brummte etwas vor sich hin. Der Fremde schien ihn zu stören, dennoch war er verpflichtet, ihm die gewünschten Auskünfte zu geben. »Morgen wird 403 wieder zur Arbeit antreten«, erklärte er, »niemand ist gut auf einen Flüchtling zu sprechen.« Jeder Fluchtversuch betreffe auch die Zurückgebliebenen. Zwar erhielten sie die Essensrationen des Abwesenden, doch zugleich erhöhte sich ihr Arbeitspensum entsprechend. Sie durften für ihn essen, aber sie mußten für ihn arbeiten. War der Flüchtige wieder da, hob man die Regelung wieder auf. So waren alle daran interessiert, daß der Rückkehrer bald wieder zu Kräften kam und keiner fehlte.

Trotzdem schielten viele Neuankömmlinge hinaus in die Ferne. »Im ersten Jahr glauben sie noch an ihr Glück und sind verbittert über das Leben hier«, sagte der Vorsteher, »die alten Bindungen sind noch da. Die Heimat ruft. Mit den Jahren nimmt das ab.« Unter den

Älteren, deren Heimweh längst erloschen sei, wollten nur wenige noch einmal die Luft der Freiheit atmen. Obwohl schon völlig entkräftet, überkäme sie auf einmal der alte Drang. Es sei, als zöge sie etwas hinaus in die Einöde, eine unsichtbare Kraft, die über der Ebene herrsche. Sie liefen los, als ob sie jemand gerufen hätte. Sie bereiteten sich nicht vor, legten keine Konserven beiseite, keinen Zwieback, kein Dauerbrot, nicht einmal eine Tube mit der süßen, roten Marmelade. Die Veteranen kannten immerhin die Vorzeichen. Stand einer morgens am Rande der Ortschaft und blickte hinauf in den Himmel, dann wußten sie, daß es bald wieder soweit sein würde.

Am Ende des Wegs stand das Steinhaus des Vorstehers. In dem Maschenzaun, der das Grundstück umgab, war eine Brettertür eingelassen. Er beruhigte die beiden Doggen, die freudig bellend auf ihn einstürmten, und legte ihnen Band und Kette an. Von den drei Räumen war der hintere mit einem Stahlriegel verschlossen. Über dem Bettgestell hing ein Karabiner an der Wand, daneben ein vergilbtes Photo, ein paar alte Zeitungsausschnitte. In einem Regal standen vier dicke Aktenordner, auf dem Rücken waren die Nummern der Bewohner verzeichnet. Auf dem runden Tisch im Vorraum lag aufgeschlagen eine schmale Akte. Der Vorsteher wies dem Reisenden einen Stuhl und holte aus dem Schränkchen zwei Gläser und eine Flasche. »Zur Begrüßung! Jeder, der hierher kommt, erhält erst mal ein Glas, wir haben allerdings nur diese eine Sorte«, entschuldigte er sich, indes er das Glas hob und in einem Zug leerte. »Auch die Neuankömmlinge bekommen ein Glas?«, fragte der Reisende ungläubig, nachdem er den brennenden Fusel gleichfalls hinuntergekippt hatte. »Auch sie«, erwiderte der Vorsteher und lächelte wie ein Lehrer, der über den unsinnigen Fehler eines Schülers lächelt.

»Es war nicht der erste Versuch von 403«, fügte er rasch hinzu, »er kann es nicht lassen, er lernt es einfach nicht.« Einmal habe er sogar zwei Wochen geschafft, zwei Wochen allein im Wald, endlich allein. Um die Hunde abzuschütteln, legte er mehrere Feuer. Da er keine Lebensmittel mitgenommen hatte, ernährte er sich von Pilzen, Beeren, Wurzeln, Gras und Mäusen. Dann raubte ihm der Aufruhr im Gedärm die letzte Kraft. Trotzdem versuche er es immer wieder. Auch im zwölften Jahr beschäftige er die Jäger. Sie seien darüber gar nicht unglücklich, denn jede Flucht verschaffe ihnen Abwechslung. Auch sie litten an der Pest des Exils, an der leeren Zeit, in der nichts geschieht.

Unerbittlich vergingen die Jahre im Lager, die endlosen Winter, die lustlosen, kurzen Sommer, der zähe Herbst, jeden Tag dieselben Gesichter, der gleiche Fraß, der leere Bauch, der leere Kopf. Keiner wußte, weshalb er hier war und wie lange er bleiben würde. Sie vergaßen ihre Kindheit, die Familie und die Freunde, die Geschichte war nichts als Asche. Sie lebten in einer Gegenwart, die gleichförmig dahinfloß, ohne Anfang und Ende. Jeder Tag brachte die gleichen Geräusche: den Wind in den Bäumen, das Prasseln des Regens, nachts den schnarchenden Hüttengenossen, tagsüber sein Gerülpse und Gebrüll. Es gab nichts zu erzählen.

Jeder Brief, jedes Paket, alles, was an die Vergangenheit erinnerte, gefährdete das Schutzgehäuse der Seele. Die meisten waren froh, wenn sie ihr früheres Leben vergessen konnten. Auch wer wieder eingefangen wurde, schwieg sich aus. Warum sollte er von seiner Niederlage berichten, von dem Abenteuer der Einsamkeit, von dem aussichtslosen Versuch, zumindest in Freiheit zu sterben? Jeder kämpfte sein eigenes Duell mit der Zeit, mit der zermürbenden, zersetzenden Ziellosigkeit. Und manchmal war die Flucht nur ein unbedachter Akt der Verzweiflung, um den Fortgang der Zeit ein einziges Mal zu unterbrechen.

Die allermeisten hielt die Niedergeschlagenheit zurück, der Hunger, die Hoffnungslosigkeit. Mit den Jahren hatten sie die Grenze des Lebens überschritten. Für eine Flucht fehlten ihnen Antrieb und Ausdauer, sie besaßen weder Geld noch Papiere. Hinter der Siedlung begann der Wald, eine Wüstenei aus Lärchen, Fichten, Moos und Gestrüpp, bis zum Horizont nichts als Wald, ab und zu ein buschiger Hügel, dahinter ein zweiter Hügel, ein dritter, ein vierter. Wer nach drei Tagen noch nicht gefaßt war und sich auf einen dieser Hügel stellte, dem bot sich in der Ferne noch immer das gleiche Bild. Auch nach zwei Wochen Fußmarsch sah die Welt genauso aus. Niemand konnte sagen, wo das Ende war. Ab und zu schien sich ein Pfad zwischen den Bäumen dahinzuschlängeln. Er verschwand im Dickicht, und niemand wußte, wohin er führte. Kein Flüchtling hatte je eine Karte oder einen Kompaß, und keiner hatte ein Ziel, außer seiner Erinnerung. Wohin sollte er sich wenden? Die Schottertrasse für die Lastwagen war rund dreißig Kilometer entfernt und streng bewacht, kein Fahrer durfte mit einem Verbannten sprechen oder ihn gar einsteigen lassen. Er wäre unweigerlich in der Siedlung gelandet. Die Ansässigen, die sich in der Gegend auskannten, warteten begierig auf das Kopfgeld. Ein paar Meter Stoff, Säcke mit Mehl und Tee, Kisten mit Schokolade und Tabak sowie Schachteln mit Patronen bewahrte der Vorsteher als Prämie im Magazinschuppen auf. Auch wenn einer verschwunden blieb, was so gut wie nie vorkam, bedeutete dies nicht, daß die Flucht geglückt wäre. In den Wäldern lebten Bären und Wölfe.

»Früher herrschte hier ein anderes Regiment. Die Siedlung war von Stacheldraht umzäunt und von Posten bewacht«, sagte der Vorsteher, »damals wurden Ausbrecher entweder erschlagen, oder man steckte sie in ein Erdloch. Die Toten legte man ein paar Tage am Mittelplatz ab, zur Abschreckung – und für die Krähen. Manchmal brachten die Jäger auch nur ein Ohr oder eine abgehackte Hand mit, um bei Bedarf die Fingerabdrücke abzunehmen. Heute kommen sie in Ketten zurück, als Warnung. Überall in der Gegend gibt es an markierten Plätzen Holzkisten mit Ketten. Wird einer gefaßt, bringt man ihn erst zu einer Kiste, um ihm die Ketten anzulegen. So hat er die letzten Kilometer noch etwas zu tragen. Aber Prämien gibt es nur noch für Lebende. Und Fluchtversuche ziehen auch keine Strafe, keine Verlängerung des Exils mehr nach sich. Flucht ist kein Verbrechen. Das ist der Fortschritt.« In der Stimme des Vorstehers schien leises Bedauern mitzuklingen, ein unmerklicher Vorbehalt gegen die Vorschriften. Damals sei es nicht darauf angekommen, wann ein Verbannter starb, ob in der ersten oder zehnten Woche, im ersten, siebten oder siebzehnten Jahr. Es mußten keine Formulare oder Atteste ausgestellt werden, keine Listen geführt, keine Bestände verwaltet werden. Doch irgendwann wurden die Todesfälle aktenkundig. Um lästige Schreibarbeit und unliebsame Nachfragen zu vermeiden, ließ man daher die Ergriffenen am Leben.

Als die Hunde anschlugen, erhob sich der Vorsteher. »Sie kommen von der Arbeit zurück, Zeit zum Durchzählen«, er knöpfte den Mantel zu und schlug den Kragen hoch. Die Doggen ließ er im Gehege frei, die Eingangspforte verriegelte er. Einen Schritt hinter dem Reisenden ging er den Weg hinauf. Am Mittelplatz stellten sich gerade alle Bewohner in Doppelreihe auf. Ihr Anblick erschreckte den Reisenden zutiefst. Abgemagerte Gestalten standen da, mit hängenden Schultern, hohlen Wangen, Flechten um den Mund. Alle trugen abgewetzte Windjacken, deren Farbe nicht mehr zu erkennen war. Manche hatten sich eine Mütze mit Ohrenschützern über den Kopf gestülpt. Auf die Hosen waren Flicken aus Leinwand oder Zelttuch genäht, einer hatte sich Stücke von einer Gummimatte mit einem Kabel um die Füße gebunden. Ein schwerer, herber Geruch ging von ihnen aus. Äxte, Sägen und Beile hatten sie bereits in der Baracke abgelegt. Am Rand standen sechs Schubkarren voller Holzscheite. Unter den Männern erkannte der Reisende auch die Nummer 403. Mit letzter Kraft, gestützt auf einen krummen Holzstab, hatte sich der Mann die wenigen Meter von seiner Hütte zum Platz geschleppt. Abends mußten sie vollzählig sein. Ohne daß der Vorsteher etwas zu sagen brauchte, zählten sie ab. In Windeseile folgte Ziffer auf Ziffer, von Vierhunderteins bis Vierhundertsiebenundvierzig. Am Ende der Doppelreihe stand einer allein. »Du kannst jetzt in die Reihe eintreten«, sagte der Vorsteher zu dem Reisenden, »jetzt sind wir vollzählig, der Platz für dich ist heute frei geworden.«

GLOCKENBLUMEN

Er kommt nicht allein. Es sind viele, die aus dem Zug steigen. Staub liegt auf ihren Schuhen, ihre Gesichter sind eingefallen, ihre Wangen übersät von kleinen Narben und braunroten Flecken. Ihre Hosen und Jacken sind eingerissen, die Mützen speckig. Manche stützen sich auf einen Stock, den sie irgendwo aus einem Ast geschnitzt haben. Nur wenige haben den alten Rucksack umgeschnallt. Die meisten besitzen nichts mehr, keinen Löffel, kein Unterhemd. Ihnen gehört nur, was sie auf dem Leib tragen. Wochenlang waren sie unterwegs, zu Fuß, auf Karren und Lastwagen. Die Fähre brachte sie über den Fluß, hunderte Kilometer saßen sie in schäbigen Abteilwagen, die schon seit Jahren ausgemustert sind. Als er am Bahnsteig stehenbleibt, ziehen die anderen achtlos an ihm vorüber. Niemand bemerkt ihn, obwohl sie zusammen gehungert, gebettelt, gesungen haben: Lieder der Sehnsucht, der Not, des Schmerzes.

Er weiß von fremden Ländern und hat viele Leben von sich getan. Der alten Welt gehört er nicht mehr an. Wehmut hatte ihn in der Ferne manchmal ereilt, Gedanken der Liebe und Sorge, Erinnerungen an alte Wege, an das Wohnzimmer, an den Schuhkarton mit dem Spielzeug. Mit der Zeit jedoch verblaßten die Bilder. Dafür quälte ihn der Wachtraum vom üppigen Festschmaus. Vergebens forscht er unter den Heimkehrern nach einem vertrauten Gesicht, nach einem Gefährten, der ihn zurückgeleitet. Doch niemand erkennt ihn. In der staubgrauen Kluft sehen sie sich alle gleich, aber jeder hofft, endlich seine Lieben in die Arme schließen zu können. Aufgeregt recken sie die Hälse und winken überschwenglich, wenn sie glauben, am Ende des Bahnsteigs jemanden erkannt zu haben. Aber niemand begrüßt sie, niemand erwartet sie, keine Kapelle, kein Kinderchor, keine Verwandten, keine Freunde. Niemand weiß von ihrer Rückkunft. Auch ihm wird niemand um den Hals fallen oder auch nur ein Lächeln schenken. Soll er sich trotzdem auf die Suche machen? Wie lange würde die Freude anhalten, falls er das alte Zuhause finden sollte?

Wie oft hatte er früher an das verlorene Heim gedacht? Eine Zeitlang war es wie eine fixe Idee. Er klammerte sich an den Vorsatz, nichts vergessen zu dürfen. Um am Leben zu bleiben, so hatte er sich vorgenommen, müsse er sich erinnern; einzig der unbedingte Wille zur Heimkehr ließe ihn alles ertragen. Doch die Zeit tilgte diesen Plan. Die Gegenwart war stets wichtiger, ihr war nie zu entkommen. Vielleicht hat die Heimkehr ihren Sinn längst verloren? Das freudige Vorgefühl will sich nicht einstellen. Wohin soll er zurückkehren? Er könnte irgendwohin gehen, hierhin, dorthin, es wäre einerlei. Wohin er auch ginge, der wichtigste Teil von ihm kann gar nicht zurückkehren. Mutlos hält er nach einem Begleiter Ausschau, nach einem Schicksalsgenossen, der, wie er, den Tod hinter sich hat.

Der Bahnsteig sieht noch aus wie früher, graues Pflaster, angerostete Stahlträger, das schäbige Wartehäuschen mit den zersplitterten Glasscheiben. Ein Blecheimer quillt über von Stoffetzen, Papierknäueln, zertretenen Blumen. In der Haupthalle herrscht stilles Treiben, Männer mit braunen Aktentaschen eilen vorbei und blicken verlegen zur Seite. An einem Pfeiler hockt ein Krüppel, leere Hosenbeine, Umschlag und Bügelfalte sind sorgsam zusammengelegt, daneben das Holzbrett auf den Gummirollen; er bettelt nicht, stumm sitzt er auf seinen Stümpfen und starrt den Passanten auf die Füße. Eine Mutter schiebt einen gelben Kinderwagen vorbei; der Lautsprecher verkündet die Ankunft des nächsten Zuges. In rascher Abfolge treffen die Züge ein, aber die meisten sind menschenleer. Auf der Abfahrtstafel gegenüber sind alle Anzeigen gelöscht, es gibt keine Abfahrt, auch keine Verspätung, Endstation.

Als er hinaus auf den Vorplatz tritt, wird er fast geblendet. Langsam nur gewöhnt sich das Auge an das Licht. Einige Heimkehrer stehen unschlüssig auf der Treppe und wissen nicht wohin. Viele haben sich jedoch bereits auf den Weg gemacht, jeder in seine Richtung. An der Fassade über dem Haupteingang sitzen Tag und Nacht, die alte Uhr in ihrer Mitte ist ausgeschlagen, ein rundes Nichts. Auf die Zeit kommt es nicht an, wer hier ankommt, hat genug davon. Von den Häusern ringsum scheint nur die Stirnseite übrig zu sein, aus den oberen Fensterreihen blickt strahlend blau der Himmel herab. Hinter einem offenen Eingang erkennt er eine freie Fläche, keinen Innenhof, nur Schutt und Geröll. Warum haben sie die Außenwände nicht ebenfalls abgerissen? Niemand kann hier wohnen, es gibt keine Geschosse, keine Treppen, nur Steinschutt hinter den ausgeschlagenen Fassaden. Nirgends liegt alter Hausrat, keine verkohlten Möbel, keine Blechbüchsen. Eine Treppe führt zu einem Tunnel hinunter, dessen Eingang mit Brettern vernagelt ist. Die alten Schächte und Katakomben sind unzugänglich. Die Frauen, die den Platz überqueren, tragen hellblaue Kopftücher, blau wie der Himmel, ein unerträgliches Blau, klar, leer, sie tragen es auf dem Kopf, verbergen ihr Haar darunter, der Kopf ist umhüllt von hohler Luft. In rostigen Kannen füllen sie Wasser ab und schleppen es davon, weit kann es nicht sein, manche kehren sogleich zurück, um die Kannen erneut aufzufüllen. Eine seltsame Stille liegt über dem Platz. Es verkehren keine Fahrzeuge, keine Straßenbahn, kein Taxi, nur Fußgänger, die Frauen mit den Wasserkannen, keine Kinder. Weder im Bahnhofsfoyer noch auf dem Vorplatz war ein einziges Kind zu sehen, eine Stadt ohne Kinder, ohne lärmendes Spiel, ohne Rufen, Johlen, Trommeln. Haben sie die Kinder aus der Welt verbannt? Sie wollen sich nicht mehr vermehren; sie sind schon genug, nach ihnen soll niemand mehr sein.

Säuberlich leergefegt wirkt der Vorplatz. Da man Ankömmlinge nicht verwirren wollte, wurde der Schutt hinter die Fassaden geschoben. Ein paar Straßen weiter ändert sich die Kulisse. Die Frontmauern sind halb weggerissen, so daß die Innengeschosse offen zutage liegen, hier und da sitzt jemand auf einem Hocker und blickt zur Straße herab. Wäscheleinen sind quer durch die Zimmer gespannt, unerbittlich sticht die Sonne in die aufgerissenen Hauswunden: verdreckte Wände, demolierte Möbel, Spülkästen, zersprungene Spiegel, Trümmerholz. Die Bewohner bewegen sich kaum, sie scheinen auf etwas zu warten. Aus einer Ruine klettert eine in Lumpen gehüllte Frau hervor mit erdgrauem Gesicht und rotentzündeten Augen. Aufgeregt späht sie umher und verschwindet sofort wieder in dem Loch. Mitten auf der Straße türmen sich Schuttberge, Bruchsteine, Splitterwerk, fast zwei Stockwerke hoch; Schatzgräber klettern darauf herum, suchen nach Überresten, ein Stück verbeultes Blech, eine Drahtrolle, Kleiderfetzen, Porzellanscherben, angekohlte Dachlatten, ein Waschbecken, verschüttete Lebensreste. Das Feuer ließ kohlige Klumpen zurück, angesengte Kabel und schwarzes Papier. Zwischen dem Kalkstaub glitzern winzige Glasstücke, die von den farbigen Fenstern stammen; das Blei der Fassungen ist zu bizarren Formen geschmolzen. Ein ungeheurer Hitzewirbel muß die bunten Glaslilien ausgeschlagen haben. Träge stochern die Schatzgräber im Schutt herum, klauben die brauchbaren Stücke heraus und werfen sie in die Körbe. Die Ausbeute ist dürftig. Ruinenfledderer sind es, aus allen Stadtteilen sind sie gekommen und durchstöbern die Reste. Der Ruin der einen ist das Leben der anderen. Sie suchen nicht nach Verschütteten, um Opfer haben sie sich nie gekümmert.

Als sie ihn bemerken, halten einige inne, als fühlten sie sich ertappt. Frech blicken sie herüber, drohend schießen sie ihre Blicke ab, wütend sind sie auf den Fremdling, der ihr Treiben beobachtet.

Nach einer Stunde zügigen Fußmarsches ist er in dem alten Viertel angelangt. Hier ist er aufgewachsen, hier ging er zur Schule, ins Kino an der Ecke, in die Werkstatt im Hinterhof. Nichts sieht aus wie früher. Die Schule ist verschwunden, bis auf die Fundamentlinien sind die Mauern abgetragen, von dem Mittelgang zweigten einst die Klassenzimmer ab. Die Kellermauern stecken noch in der Erde, darüber der rissige Betonboden des Erdgeschosses, die Kacheln hat man entfernt. Die Häuserzeilen daneben sind gleichfalls eingeebnet, die Turnhalle, der Gemeindesaal, das Bezirksamt mit der Bibliothek, die Mietshäuser mit den alten Steingirlanden, den Zwergen und Riesen, deren grimmige Kiefer alles zermalmten. Langstenglige Glockenblumen, aufgeblätterte Blüten des Frauenschuhs, Flamingohälse und heitere Fischschwänze schlängelten sich einst die Fassadenwände entlang, umspielten Fenster und Balkone. Bis auf die Grundmauern ist alles dem Erdboden gleichgemacht. Es waren die schönsten Häuser in dem Viertel, bewundert von jedem Besucher, geliebt und gepflegt von ihren Bewohnern. Die Steine sind weggeschafft, die Möbel, die Stühle, die Fenster und Bilder, alles beseitigt. Hier und da entdeckt er eine Brandspur am Boden, die Abdrücke einer Baggerraupe. Zielstrebig müssen sie vorgegangen sein, Wand für Wand haben sie umgelegt, Etage für Etage niedergerissen. Die Nachbarn ringsum konnten sich bedienen, freies Eigentum, Plündergut für jedermann. Er vergräbt die Fäuste in den Hosentaschen, schiebt mit der Fußspitze ein paar Steine beiseite, als ließe sich in der Wüstenei noch irgend etwas entdecken. Wonach soll er suchen, nach dem Kopf des Stoffkrokodils, nach seinem Löffel, dem Tropenhelm aus weißer Pappe, nach der Hängebrücke für die Burg, die er immer niederließ, wenn fremde Ritter die Festung besuchten? Nur wenige Fußgänger sind unterwegs. Geraten sie in seine Nähe, wenden sie sofort den Blick zur Seite und beschleunigen ihren Schritt. Sie wollen nicht angesprochen, nicht gefragt, nicht an früher erinnert werden. Außer Rufweite fallen sie sofort wieder in ihr gemächliches Tempo zurück. Sie haben nichts zu tun. Ihm aber sieht man den Heimkehrer an. Die abgerissene Kluft verrät ihn, die fahrigen Gesten, die wachsame Ratlosigkeit. Sie sind nur wagemutig, wenn sie zu vielen sind; kaum sind sie allein, suchen sie das Weite. Er bringt sie in Verlegenheit. Sie kennen ihn nicht, aber sie wissen genau, was geschehen ist. Als er auf eine ältere Frau zugeht, die gerade die Straße heraufkommt, macht sie abrupt kehrt. Sie kann ihn unmöglich erkannt haben. Derart abgemagert, kann ihn niemand erkennen. Tot möchten sie ihn wissen, lebend stört er sie. Wütend sind sie und ängstlich zugleich, vielleicht möchten sie ihre Gedanken löschen und ihre Taten augenblicklich vergessen.

Als er die Gegend verläßt, verkrallt sich die Müdigkeit in den Muskeln. Mühsam zieht er die Füße über den Boden. Es ist, als seien Ferse und Wade von Eisenringen umschlossen; die Ödnis bedrückt ihn, noch immer überschwemmt grelles Sonnenlicht die Stadt. Er schließt die Augen, blinzelt gegen die blaublanke Helligkeit an, schlägt sich mit den Fäusten gegen die Oberschenkel. Es gibt kein Zuhause, niemals hat es eine Rückkehr gegeben, es war nur ein trüber, dummer Wunsch. Keine Minute hat er mehr zu verlieren, er rafft sich auf, eilt schnurstracks zurück, schaut weder rechts noch links. Nur wer seine Geschichte hinter sich läßt, hat überhaupt eine Zukunft. Der Bahnsteig ist verwaist. Niemand behelligt ihn, als er den leeren Zug besteigt. Es wundert ihn nicht, daß er der einzige Reisende ist, der Zug hat nur auf ihn gewartet. Die Türen schlagen zu, mit einem kräftigen Ruck setzt sich die Lokomotive in Bewegung. Heilfroh ist er, vorsichtig lehnt er sich zurück, massiert sich das Fußgelenk und klopft sich mit den Fingerknöcheln gegen die Stirn, als wollte er sich zum Aufwachen zwingen. Die Vergangenheit gibt ihn frei, Landschaft um Landschaft zieht an ihm vorüber, Hügeltäler, ein Flußlauf, Schutthalden, ein riesiger Schieferberg, aufgeschichtet über Jahrzehnte, Laubwälder, stillgelegte Diensthäuser, Wartestationen, Barakkenlager, Friedhöfe mit endlosen Linien weißer Steine, aufgestellt in Reih und Glied, angetreten zum letzten Appell, das Niemandsland in der Abendsonne. Als der Zug einer mächtigen Eisenbrücke zusteuert, steht er auf und lehnt sich aus dem Fenster. Der Fahrtwind erfrischt ihn. Von Westen zieht eine Wolkenfront auf, die das elende Himmelblau endlich verdrängen wird. Jenseits des Flusses blinken tausende Lichter auf, gelbe und kaltweiße Lampen, Feuer schlagen aus den Schloten, die sich im schwarzen Wasser verdoppeln, eine silbern glänzende Silhouette von Türmen, Kugeltanks, Kesseln und Rohrschlangen, ein Wasserturm, Feuerschein über dem gigantischen Dampfspalter, Fabriken aus Öfen und Rohrwerken ohne Dächer, ohne Wände, metallische Skelette, es riecht süßlich, faulig, stechend. Güterzüge mit langen Reihen von Kesselwagen warten auf die Abfahrt, winzige Schattenfiguren eilen die Geleise entlang, klettern auf Treppen und Stahlgängen herum, ein Ozean von Lichtern, Rauch und Signalen, am Schornstein des Heizwerks blinkt es rot und weiß, eine Sirene heult auf, dumpf poltern die Turbinenhäuser. Wohlvertraut ist ihm diese Stadt, obwohl er sich, wie er nach kurzer Besinnung feststellt, nicht erinnern kann, sie jemals gesehen zu haben.

GELBES LICHT

Früh am Abend war sie angekommen. Nicht länger als eine Nacht will sie bleiben, trotz des frischen Bettzeugs, der duftenden Seife, der straffen Matratze, die jedem Fingerdruck gehorcht. Koffer und Tasche hat sie mitten ins Zimmer gestellt, ohne etwas auszupacken. Als der Fahrstuhl sie in die fünfte Etage brachte, hatte sie für einen Augenblick das Gefühl, himmelwärts zu schweben. Beim Schließen der Lifttür glaubte sie, einen Schatten im Flur zu sehen. Der lange Gang war angenehm, die kühle Luft beruhigte sie. Vielleicht wohnt sie heute allein hier oben. Hinter den Türen ist es ruhig, nirgendwo ein Laut, auch am späten Abend war kein Tritt zu hören, kein Kichern, kein Gehuste. Um Mitternacht begann es, leise zu regnen.

Sie kann nicht schlafen. Gelbes Licht durchflutet das Zimmer. Sie horcht zur Decke hinauf, auf den Armen spürt sie ein leises Frösteln. Als sie die Tür öffnet und nochmals den Korridor hinabschaut, glaubt sie erneut, etwas davonhuschen zu sehen. Doch auf dem Gang regt sich nichts. Falls jemand in einem der Zimmer liegen sollte, ist er dem Vergessen übergeben. Wie viele Stockwerke hat das Hotel, sind es sechs oder sieben? Die oberen Etagen müssen leer sein, ausgeräumt für späte Gäste. Bis zum Frühstück sind es noch sechs Stunden. Dann wird das Hotel wieder zum Leben erwachen, das Zimmermädchen wird im Flur hantieren, irgendwo wird Wasser rauschen, wird eine Tür schlagen. Eingepfercht fühlt sie sich in der luftigen Höhe, von dem Korridor gehen lauter Kammern ab, Einzelgräber, Doppelgräber, jedes behaglich ausgestattet mit Bett und Wanne. Zuletzt soll es an nichts fehlen.

Scharf sticht ihr das Licht in Nacken und Schulter. Ihre Schenkel beginnen zu glühen, Laken und Wand sind in grelles Weiß getaucht. Die Kissen liegen unberührt, blinkende Sauberkeit herrscht in dem Zimmer, kein Stäubchen ist auf den Möbeln zu sehen, nichts schwebt im Lichtstrahl der Lampe. Sie vermißt die kleinen Staubwinkel neben dem Schrank, vor dem Sessel, hinter der Tür. Jemand hat das Zimmer gründlich geputzt. Dennoch müssen Wochen vergangen sein, seit der letzte Gast hier war. Er ist nicht lange geblieben, niemand bleibt hier lange. Auch wenn sie leer steht, wird die Kammer regelmäßig gereinigt. Es soll keine Spur zurückbleiben; Reinheit ist geboten, kein Gast soll etwas ahnen. Nicht einmal eine Spinne oder eine Fliege hat sich hierher verirrt. Es war alles vorbereitet für ihre Ankunft.

Unschlüssig sitzt sie auf dem Bett und studiert das Faltblatt des Fahrplans. Vom Bahnhof wird es nicht mehr so weit sein in die Welt. Der Gedanke an die Weiterreise hält sie wach. Den Plan darf sie um keinen Preis vergessen. Trotz der Müdigkeit muß sie weiter. Solange sie unterwegs ist, lebt sie noch; solange sie wach ist, kann ihr nichts geschehen. Sorgfältig gefaltet liegt ihr Kleid über dem grünen Samtsessel, den Hut hat sie auf dem Schrank abgelegt; die Schuhe jedoch hat sie sich von den Füßen gezerrt und achtlos vor den Schrank geschleudert. Sie genießt die kleine Unordnung, die ungewohnte Nachlässigkeit, nichts auspacken, nichts aufräumen, nichts an einem vorbestimmten Platz ablegen zu müssen. Im Hemd sitzt sie auf der Bettkante, heute braucht sie kein Nachtgewand, keine Creme, keine Maske. Dunkelheit überzieht ihr Gesicht. Die Einsamkeit ist eine Erholung. Niemand beobachtet sie. Unbemerkt flüchtet sie jeden Abend in ein Hotelzimmer. Aber sie erträgt die Nacht nicht, die Lampen, die Finsternis, die dumpfen Geräusche hinter ihrem Rücken. Nirgendwo bleibt sie, nur Gast ist sie, ein Gast kommt und geht. Niemand wohnt hier oben auf der Etage, schon bei der Auffahrt im Lift war sie allein. Im Foyer unten gingen die Gäste wie Traumwandler aneinander vorbei, sorgsam auf Abstand bedacht, als wollten sie einander nicht aus den Träumen reißen. Fast lautlos glitten sie über den Steinboden. In der Lobby saß eine ältere Dame, unter dem schwarzen Mantel trug sie ein rotes Kleid. Erwartungsfroh blickte sie zu ihrem Begleiter mit dem Schnauzbart hinauf; der aber starrte die ganze Zeit auf den grünen Läufer. Die beiden redeten nicht miteinander, sie hatten sich schon alles gesagt. Als Paar reisen sie noch zusammen, aus alter Gewohnheit, nach Jahrzehnten geht man nicht mehr auseinander. Aber jeder ist allein. Vielleicht haben sie sich längst das Sprechen abgewöhnt, weil jeder weiß, was der andere denkt. Einverständnis macht einsam. Unbemerkt hat sich jeder in seine Bitterkeit hineingefressen.

Die ersten Nachtstunden sind schon überstanden. Schlaflosigkeit quält sie, seit sie unterwegs ist. Nach dem Aufbruch hat sie über ihre Nächte nicht mehr verfügen können. Überall sind die bösen Stunden gekommen, unvermeidlich stellen sie sich ein. Meist waren es die fremde Umgebung, die kleinen Zimmer, die weichen, durchgelegenen Betten, die dünnen Wände, greinende Säuglinge nebenan, junge Pärchen im nächtlichen Überschwang, schnaubende Greise hinter der Wand. Immer lagen die Gäste Ohr an Ohr, getrennt nur durch die Zellenwand, Ruhe sanft. Immer waren andere da, immer lauschten sie, drückten ihr Ohr an die Wand, spähten durchs Schlüsselloch. Ihre Muskeln wollen sich nie entspannen, Nerven und Hirn halten sich wach, der Körper mißtraut jeder Liegestatt. Ist es das letzte Bett, von dem man nicht mehr aufsteht? Oder sind es die Träume, die sie nicht träumen will, die Geister, das Schattengewebe? Nichts hilft gegen die Schlaflosigkeit, alles hat sie erprobt, endlose Zahlenreihen hat sie halblaut aufgesagt, hat sich eingeredet, mit jedem Atemzug ruhiger zu werden, hat sich mit Wein zu behelfen gewußt, mit späten Cocktails an der Hotelbar, mit Baldriankapseln, bitteren, weißen Dragees, all den Hilfen für die Leere des Paradieses. Späte Lektüre sollte das Hirn erschöpfen, manchmal sollten ihr Männer die lange Zeit vertreiben. Aber allein neben einem Schlafenden ist man verlassener als völlig allein. Er dreht sich zur

Wand, wendet sich ab, an seinen Träumen hat man keinen Anteil, und wenn sie sich aufrichtet, bemerkt er nichts von ihren Gedanken, die durch die Nacht eilen und stets zu ihm zurückkehren. Im Kreis ist sie nachts umhergelaufen, um an nichts denken zu müssen, alles umsonst. Sie horchte auf unbeachtete Verstörungen, auf das Summen im Blut, das Rauschen im Ohr, achtete auf den eingebildeten Schwindel, wenn sie den Kopf zur Seite neigte. Ganz Auge und Ohr war sie für sich, aber mit dem Horchen verschlimmerte sich der Zustand. Sie spürte die Schmerzen jenseits ihres Körpers, außerhalb des Kopfes, dort, wo sie noch nie gewesen ist. Schließlich hat sie sich damit abgefunden. Sie wirft sich nicht mehr von einer Seite zur anderen; sie wartet, daß die Stunden vergehen, die Minuten, die Sekunden. Am schlimmsten ist es zwischen zwei und drei Uhr, die Sinne sind überwach, durchs Fenster dringt das Rauschen der Straße, das Rumpeln der Güterwaggons. Wann beginnt der neue Tag, wann endlich wird der alte Tag in die Vergangenheit gestoßen? Vielleicht ist drei Uhr der Zeitpunkt des Tageswechsels, der kritische Augenblick, da der neue Tag geboren wird und der alte stirbt. Spätestens in der Dämmerung ist der vorige Tag dahin. Einen Wecker braucht sie nicht, sie ist immer wach. Würde sie noch eine zweite Nacht hier verbringen, käme sie vielleicht zur Ruhe, doch ist sie bisher nirgendwo länger als eine Nacht geblieben, jeden Morgen treibt es sie weiter. Solange sie nicht angekommen ist, fühlt sie sich sicher. Ein längerer Aufenthalt würde sie noch mehr beunruhigen. In der Frühe wird ihr

Körper wieder vibrieren, unter der Dusche wird es in den Schläfen pochen, werden sich die Knoten am Hals weiter verdickt haben.

Traurig standen die beiden Jungen am Fenster, als sie das Haus verließ. Stirn und Hände drückten sie gegen das Glas und weinten gegen die durchsichtige Wand, aber sie hörte nichts, sah nur die aufgerissenen Münder, die Tränen, die Fäustchen, die gegen die Scheibe trommelten. Es zerriß ihr das Herz, aber sie wird nicht zurückkehren, nirgendwohin wird sie zurückkehren. Sie ist unterwegs, ohne Ziel, jede Nacht ein anderes Bett zur schlaflosen Ermattung. Sie mußte die Wohnung verlassen, es war der einzige Ausweg, Jahre hatte sie gezögert, wider besseres Wissen hatte sie ausgehalten, aus Rücksicht, aus Liebe, aus Verantwortung. Aber zuletzt gab es nur die Flucht vor dem Überdruß, vor dem Ekel, ein ungestümer Impuls: alles hinter sich lassen, die behüteten Kinder mit ihren altklugen Gesichtern, die ehrgeizigen, selbstsüchtigen Männer, die treulose Freundin, die alten Eltern, die nur noch versorgt werden wollten. Nie solle man alles auf einmal ändern, wurde sie gewarnt, das waren die Fallstricke für betuliches Stillhalten. Sinnlos war die Hoffnung auf Veränderung. Es war kein Entschluß, kein Befreiungsschlag. Weggehen ist nur die vorletzte Lösung, wenn Aufbegehren umsonst ist, wenn weitere Selbstbeschwichtigung ruinös, wenn das häßliche Leben nicht mehr auszuhalten ist. Aber die Zeit heilt keine Wunden; wie soll man es anstellen, über den eigenen Schatten zu springen?

Sie hat niemanden, dem sie schreiben könnte. Mit ihrem Schatten jedoch kann sie reden. Er ist ihr treuer Begleiter. Vor Wochen hat er sich ihr vorgestellt. Wenn sie geht, schreitet er voran. Bleibt sie stehen, hält auch er inne. Nur bei Dunkelheit verkriecht er sich in ihrem Körper. Nachts läßt sie das Licht an, um nicht allein zu sein. An der Wand kann sie ihn sehen, wenn er den Arm hebt, aufsteht und umhergeht. Bewegt sie sich, wird er lebendig. Sonst ruht er unter ihr, hängt an der Schranktür oder legt sich über den Sessel. Wenn sie ihn anspricht, horcht er auf. Aber er hat noch nie etwas gesagt. Vorträge hat sie ihm gehalten, Vorwürfe hat sie ihm gemacht, unzählige Fragen hat sie ihm gestellt, hat ihm gedroht, ihn gelockt, ermuntert, beschimpft – alles ließ er geduldig über sich ergehen. Jede Verleumdung ertrug er, jede Beschwerde, alle Worte nahm er hin. Wenn sie im Zorn die Faust gegen ihn erhob, ballte er gleichfalls die Faust. Trat sie nach ihm, hatte er im selben Augenblick zum Tritt ausgeholt. Aber seine Schläge hinterließen keine Schmerzen, und seine Worte verklangen ungehört. Was immer sie gegen ihn vorbrachte, er hörte zu. Versuchte sie, ihn zu verführen, wiegte er Hüften und Leib im Gleichtakt, streifte Kleid und Hemd ab, äffte ihre lüsternen Gedanken nach. Griff sie nach ihm, streckte er ihr gleichfalls die Hand entgegen. Ein elender Gefährte ist der Schatten. Folgsam, devot ist er, eine treue Seele im Dunkelreich. Nichts tut er aus eigenem Antrieb. Er geht nicht davon, obwohl er ständig mit Füßen getreten wird. Er haftet an ihrer Existenz, ist ihr näher als zwei Seiten, die in einem Buch zusammenkleben. Niemand vermag sie zu trennen. Er umzingelt sie, durchdringt sie. Fast ist er zu ihrer Seele geworden. Bis zum Ende wird er ihr folgen. Erst wenn sie selbst ein Schatten sein wird, ist er frei. Ihre letzte Geste wird dem Schatten gelten, der sie überdauert. Bis es soweit ist, bewegt er sich nur, wenn sie sich bewegt, so scheint es zumindest. Läuft sie zum Licht, folgt er ihr dicht auf den Fersen. Entfernt sie sich von der Lampe, läuft sie hinter ihm her. Strahlt das Licht senkrecht herab, tritt sie ihn mitten in den Bauch, ohne daß er sich wehrt. Steht nachmittags die Sonne tief, wird er lang und länger, als wolle er sich davonmachen. Lautlos bewegt er sich dann, streift an den Wänden entlang, streckt sich am Boden. Vielleicht sollte man ihn an der Taille festbinden, damit er sie nicht verläßt. Als sie letzthin mittags am Fluß stand und ins Wasser blickte, sah sie den hängenden Schatten, der sich wie ein dicker Stamm gegen das strömende Wasser stemmte. Plötzlich warf sie die Arme hoch, doch unter den glitzernden Wellen warnte der Schatten sie mit erhobenen Armen.

Heute Nacht darf sie nicht erkranken. Es wäre eine Katastrophe. Sie müßte die Reise unterbrechen, müßte sich tagsüber hinlegen, ganz flach aufs Bett, notfalls auf den Boden. Ihr Gefährte würde verschwinden. Sie wäre allein. Winzig, in sich zusammengedrückt ist der Schatten der Kranken. Sie liegen danieder, weil ihre Schatten klein und schwach geworden sind. Umsorgen muß sie ihn daher, muß zumindest im Sessel aufrecht sitzen, damit er Kraft und Umriß behält. Unmöglich kann sie ohne den Verfolger leben. Nie darf sie versuchen, über ihn hinwegzuspringen. So düster und undurchsichtig er ist, sie darf ihn nicht verlieren; hüten muß sie ihn, bewachen, nach ihm sehen, ihn umschmeicheln. Sie setzt sich an das Kopfteil des Bettes und schließt die Augen. Durch die Lider spürt sie die rötliche Wärme des Deckenlichts. Als Schatten ihrer selbst reist sie umher, von Tag zu Tag, von Nacht zu Nacht.

KLEINE ENTFERNUNG

Es war früher Morgen, als er in den Ring einbog, einen Boulevard von sechs Spuren, der im Kreis um die Stadt führte. Alle dreihundert Meter bot sich eine Abfahrt. Wer sie verpaßte, mußte die Stadt nochmals umrunden, denn für jeden war lediglich eine einzige Abzweigung vorgesehen. Kurz nach Sonnenaufgang standen bereits tausende Fahrzeuge Stoßstange an Stoßstange. Meter für Meter schoben sich die Kolonnen voran. In keinem Wagen saß mehr als ein Passagier. Die Fahrer kannten einander; jeden Morgen trafen sie sich auf der Schnellstraße wieder. Er beobachtete im Rückspiegel, wie ein blonder Mann unentwegt an seinem rechten Ohrläppchen zupfte. Schob sich sein Wagen nach vorn, kreuzten sich die Blicke für einen Augenblick und flohen sich sofort. Niemand grüßte, alle waren sie einander überdrüssig. Da alle Radiostationen stets die gleichen Meldungen verbreiteten, hatten viele ihr Gerät abgeschaltet. Zum Telefonieren fehlte ihm die Geduld. Er wußte nicht, wen er hätte anrufen sollen. Von den Motoren war nichts zu hören, seit der alte Kraftstoff verboten war. Alle hielten die Fenster geschlossen, weil keiner die verbrauchte Luft eines anderen einatmen wollte.

Fast zwei Stunden hatte er auf dem Ring zugebracht, bis er seine Abfahrt erreichte. Die Sternstraße führte Richtung Zentrum. Auch hier floß der Verkehr zäh. Alle hundert Meter hielt eine Ampel die Kolonne an. Auf dem Fußsteig lief eine Frau in einer dunkelgrünen Jacke und hochhackigen Schuhen. Er schätzte ihr Alter auf Mitte vierzig. Ungeduldig zerrte sie ein weißes Hündchen mit sich, das an jeder Haustür neugierig herumschnüffelte. Sie war zu Fuß so schnell wie er mit dem Wagen. Mehrfach überholte er sie, doch bei jedem Halt stolzierte sie erneut an ihm vorbei. Eine Sonnenbrille verdeckte ihr Gesicht. An der fünften Ampel kehrte sie plötzlich um und ging den Bürgersteig wieder zurück. Im Rückspiegel verlor sie sich in der Ferne.

An einigen Ampeln standen Trauben von Fußgängern, aber kaum einer überquerte die Straße. Auch wenn das Signallicht umsprang, blieben sie wie angewurzelt stehen. Vielleicht waren sie zu müde, um weiterzugehen; womöglich sahen sie nicht, daß sie an der Reihe waren. Oder waren die Ampeln heimliche Treffpunkte für die Nichtstuer aus dem Viertel? Keiner sprach mit einem anderen oder klopfte mit einem Stöckchen auf das Pflaster. Manchmal löste sich einer aus der Gruppe und stellte sich ein paar Meter abseits; nur die Frau mit dem Hündchen war fünf Kreuzungen weit gegangen, bevor sie umkehrte.

Die Zufahrt zum Zentrum war gesperrt. Er kannte die Hinweisschilder. Wie bei allen vertrauten Zeichen empfand er zugleich Erleichterung und Resignation. Nie auf seinen täglichen Reisen in die Stadt war er bis zu deren Mittelpunkt vorgedrungen. Die Fahrzeuge wurden außerhalb der inneren Quadrate in das Labyrinth der Seitenstraßen umgeleitet. Dort hatte jeder seinen Wagen abzustellen, sofern sich ein freier Platz fand. Die Parkhäuser waren immer besetzt. Eilig kurvte er durch die Gassen, die Geschäfte waren noch geschlossen, die Rolläden und Gitter heruntergelassen. Unverhofft fand er eine Lücke. Er schloß den Wagen ab und ging zu Fuß weiter. Nach einer halben Stunde, die Innenstadt war vermutlich noch Kilometer entfernt, legte er eine Kaffeepause ein.

In dem Bistro war weit und breit kein Mensch zu sehen. Nur in der hinteren Ecke saß jemand an einem runden Tisch. Er wäre lieber allein gewesen, aber er wollte das Lokal nicht sofort wieder verlassen. Unschlüssig setzte er sich zwei Tische weiter, der Gast brummte eine Melodie vor sich hin, als wäre sonst niemand im Raum. Es war dieselbe Melodie, die er während der Fahrt ständig vor sich hingesummt hatte. Der Mann trug den gleichen dunkelblauen Wollmantel wie er und versteckte den Kopf genauso zwischen den hochgezogenen Schultern, wie er es von sich kannte. Er griff nach einer Zeitung, schielte aber ständig zu dem Fremden hinüber. Dieser wirkte ein paar Jahre älter als er, blaß, die Wangen voller Flecken, die Hände von Brandnarben verunstaltet. Er lauschte nach der Stimme, sie war tiefer und undeutlicher als seine eigene. In der Zeitung las er einen Artikel über den Umbau des Stadtzentrums. Die Maßnahmen lagen offenbar Jahre hinter dem Plan zurück, und niemand wußte, wann sie beendet sein würden.

Als der Gast das Bistro verließ, zahlte er hastig und folgte ihm mit gehörigem Abstand. Keinesfalls wollte er bemerkt werden. Es kam ihm so vor, als seien die Straßen in dem Viertel auf einmal vielfach verzweigt und als herrschte überall eine unerwartete Geschäftigkeit. Aus den Nebenstraßen kamen die Leute mit schnellem Schritt, mit jenem Eilschritt, der kaum das Pflaster berührt. Sie atmeten tief, manche keuchten schwer, als seien ihre Lungen verstopft. Stießen sie gegeneinander, schüttelten sie unwirsch die Köpfe. Keiner wollte behelligt werden. Im Gedränge hätte er den Mann fast verloren. Seine Atemnot wich erst, als er ihn wieder zu Gesicht bekam. Die Vorsicht gebot jedoch, ihm nicht an den Fersen zu kleben. Eine kleine Entfernung war unvermeidlich.

Die Menge wurde dichter. Von allen Seiten strömten Leute herbei. Der Unbekannte strebte einem Platz zu, der von Leben überfüllt war. Rundum war der quadratische Platz von barocken Palastfassaden umgeben, die Eckgebäude waren durch schwungvolle Eisengitter mit vergoldeten Spitzen verbunden, so daß man sich auf dem riesigen Innenhof einer Residenz glaubte. Tausende Menschen hatten sich hier versammelt, Fahnen waren keine zu sehen, auch keine Lautsprecher oder Plakate. An den langen Fensterreihen mit den grauen Vorhängen bewegte sich nichts, auch die Balkontüren im Obergeschoß blieben geschlossen. Die Menge schien in froher Erwartung. Am Rand hatte sich der

Fremde einen Ausblick gesichert; er lehnte an einer Säule und schaute zu dem Denkmal in der Mitte. Den Mantelkragen hatte er hochgeklappt, da ein kühler Wind über den Platz blies. Die Sonne vermochte die Luft des Vormittags nicht zu erwärmen. In der Menge bewegte sich nichts. Es mußten viel mehr sein, als er zunächst gedacht hatte. Unbeirrt standen die Menschen da und warteten, einige hüpften ein wenig auf der Stelle, um sich aufzuwärmen, andere schlugen sich die Arme um die Schultern, doch obwohl es immer enger wurde, wollte niemand seinen Platz aufgeben. Der Fremde gähnte, nestelte ungeduldig am oberen Mantelknopf; nach einer Stunde machte er sich erneut auf den Weg, den Säulengang entlang, am Eisengitter vorbei, wieder eine Arkadenflucht. Einmal umrundete er das Geviert des Platzes, bis er wieder am Zugang angelangt war. Er hatte hier nichts zu tun. Vielleicht wollte er seine Zeit nicht länger vergeuden.

Beharrlich bahnte er sich seinen Weg durch das Gewühl. Es war nicht einfach, ihm gegen den Strom der Passanten zu folgen, doch zwischen den unzähligen Gesichtern tauchten sein Rücken und Hinterkopf immer wieder auf. Verbissen kämpfte er sich voran, schließlich bog er in eine Quergasse ab, in der es fast leer war. Lang und eng war das Sträßchen, die Läden hatten mittlerweile geöffnet, aber es war keine Kundschaft unterwegs. Blickte er im Vorübergehen in ein Geschäft hinein, sah er die Inhaber entweder an der Kasse warten oder mit dem Einsortieren der Waren beschäftigt. Vor dem Friseur standen zwei junge Angestellte mit rabenschwarzer Haartracht und rauchten Zigaretten. In der Boutique gegenüber hängte die Verkäuferin Hosen an eine Stange. Der Unbekannte ging langsamer und zögerlicher. Wiederholt kreuzte er die schmale Fahrbahn, ohne ersichtlichen Grund.

Die Gasse führte geradewegs zu einem ockergelben, schmucklosen Gebäudekomplex, der von einer meterhohen Mauer umgeben war. Acht Stockwerke maß das höchste Haus, hinter dem Haupteingang öffnete sich ein Foyer mit zahllosen Hinweistafeln: Bettenhaus, Notaufnahme, Kapelle, OP-Säle im Kellergeschoß, Kardiologie, Mensa, Kiosk, Dermatologie Ebene Eins, Aufzüge, Treppenhaus. Im Wartesaal der Hautklinik im ersten Obergeschoß hatte sich, obwohl es fast schon Mittag war, eine kleine Schlange gebildet. Rund zwanzig Leute standen da, nicht vor der Anmeldung, sondern vor einem kleinen Automaten. Die Nummer, die jeder daraus zog, legte die Reihenfolge für die Anmeldung fest. Der Unbekannte zog eine Ziffer und setzte sich auf einen der blauen Schalensitze, die so angeordnet waren, daß man die Anzeigetafel über dem Tresen im Blick behalten konnte. Es waren noch vierzig Nummern vor ihm. Er blickte sich um, musterte die Patienten, undeutliche Gesichter, jeder war einer zuviel, zwei Mädchen fielen ihm auf, deren Augen unter den Kopftüchern hervorblitzten. Vom Wartesaal gingen vier lange Flure ab. Eine Ärztin im weißen Kittel unterhielt sich mit der Helferin am Tresen und eilte dann mit einer Akte den Flur hinunter. Er war nicht sicher, ob die Mittagspause schon begonnen hatte. Ob der Fremde heute noch vorgelassen würde? Nach zwanzig Minuten sprang die Anzeigetafel eine Ziffer weiter, eines der Mädchen stürmte freudig zur Aufnahme und redete auf die Helferin ein. Es war umsonst. Enttäuscht warf sie ihre Tasche über die Schulter, zog ihr Kopftuch in die Stirn und lief zum Aufzug. Auch wer zum Tresen gelangte, durfte sich nicht unbedingt anmelden. Die Nummer berechtigte nur zu einer Hoffnung, zu sonst nichts. Auch die wenigen, die bereits registriert waren, durften sich keineswegs sicher sein, irgendwann einen Arzt sprechen zu dürfen. Er beobachtete den Fremden, der zwei Reihen vor ihm saß und sich wiederholt mit der Linken durch das zerzauste Haar fuhr. Er rutschte auf der Schale hin und her, wippte mit der rechten Fußspitze, neigte und streckte den Kopf nach links. Er kannte diese Bewegungen von sich selbst, wenn er Ärger überspielen wollte. Die Zeit wollte nicht vergehen, nichts geschah. Warum saß er überhaupt hier, warum war er dem Mann gefolgt, ein halber Tag war schon vergangen, seit er die Melodie in dem Bistro erkannt hatte. Nach einer Stunde war die Anzeige vier Ziffern vorgerückt. Ein Patient war in einen Flur gerufen worden und nicht wieder aufgetaucht. Vielleicht gab es einen Hinterausgang, oder die Kranken verschwanden unbemerkt nach der Behandlung. Zwei weitere Stunden verstrichen, dann ließ die Helferin am Tresen den Rolladen herab. Heute sei keine Anmeldung mehr möglich, rief sie in den Saal, und morgen beginne die Ziffernfolge wieder von vorn. Niemand solle sich daher einbilden, ergänzte sie lachend, er habe heute irgendein Vorrecht erworben. Ab jetzt seien alle Nummern ungültig. Niemand protestierte. Die Patienten kannten offenbar die Prozedur. Ohne zu murren, erhoben sie sich, griffen nach ihren Taschen und stellten sich vor den Aufzug.

Der Unbekannte wählte die Treppe. Am Haupteingang drehte er sich kurz um und lief sodann die Gasse hinunter, die er gekommen war. Vor dem Friseurladen standen die beiden Frauen mit den schwarzen Haaren und rauchten, die Verkäuferin gegenüber hängte Jacken auf die freien Bügel. Mehrfach wechselte der Mann den Gehsteig, einmal blieb er stehen und betrachtete die Auslage eines Tabakladens: Pfeifen, Dosen, Bestecke, das Plakat eines jungen Mannes in Tweed mit einer Pfeife im Mundwinkel. Er stellte fest, daß er den ganzen Tag noch keinen Bissen gegessen hatte, so sehr hatte ihn die Verfolgung in Anspruch genommen. Auch der Fremde hatte anscheinend keinerlei Appetit verspürt. Er kaufte an einem Stand rasch ein Sandwich, ohne den Unbekannten aus den Augen zu lassen. In gemessenem Schritt wanderten sie so die Gasse hinunter, passierten den Residenzplatz, der sich mittlerweile geleert hatte, und erreichten endlich, nachdem sie sich erneut durch das Gedränge gekämpft hatten, das Bistro. Jetzt, am späten Nachmittag war das Lokal gut gefüllt, aber die beiden Plätze vom Morgen waren noch frei. Der Fremde nahm wieder seinen Platz in der Ecke, er zwei Tische weiter.

Nach einer Viertelstunde stand der Unbekannte auf und setzte sich zu ihm. »Warum hast Du so lange gebraucht?«, er beugte sich zu ihm herüber, als wollte er ihm ein Geheimnis anvertrauen, »ich kenne Dich von früher.« Verdutzt blickte er den Fremden an. Das Gesicht war noch blasser als am Morgen. Es war ihm, als schwinge ein leichter Vorwurf in der Frage mit: »Woher kennen Sie mich?« – »Ich bin Du. Aber Du wirst noch etwas warten müssen, bis Du ich bist«, erwiderte der andere und strich sich mit der vernarbten Hand über den Hinterkopf. »Wie alt sind Sie?«, fragte er bestürzt. »Siebenundsechzig, aber heute war mein letzter Besuch im Krankenhaus«, sagte der andere, knöpfte den Mantel zu und ging zur Tür, ohne sich noch einmal umzudrehen.

Er fragte den Kellner, der ihm eine Tasse Milchkaffee brachte, nach dem heutigen Datum. So wußte er genau, wie viele Tage er noch vor sich hatte.

DAS NEBELHORN

Am Nachmittag bleichten die Farben aus. Das Blauschwarz der See verblaßte, am Horizont überzog fahles Orange den Himmel. Die Sonne war verschwunden. Milchiges Pastell kroch über die Dinge, überdeckte die Ziegelhäuser mit ihren grünlichen Dächern, umschlang die schwarzen Äste der Bäume und zehrte das strahlende Weiß der Segel im Hafen aus. Der Wärter kannte die Vorzeichen. Bevor sanftes Grollen die kurze Stille zwischen den Wellen erfüllt, scheinen sich die Farben unmerklich abzunutzen. Bald werden die Stimmen leiser klingen, die Schläge des Wassers gegen den Fels dumpfer. Und die Gischt, die draußen gegen die Klippen prasselt, wird kaum mehr zu hören sein.

Unruhig wanderte er auf der Galerie hin und her. Die Linie des Horizonts hatte sich aufgelöst, Himmel und See waren nicht mehr zu unterscheiden. Sobald das Auge das blasse Grau auf der Kehrseite der Dinge ahnt, beginnt das Ohr, nach den geringsten Abweichungen zu lauschen. Die Obertöne scheinen auf einmal abgeschnitten, manche Geräusche klingen stumpf, als sei die Welt von einem Schleier verschluckt. Die Bewohner der Ortschaft merken nichts davon, dachte er, sie sehen nichts, weil sie nicht wissen, wonach sie Ausschau halten sollen. Er schloß die Tür zur Galerie, schob die Thermoskanne in die Aktentasche und stieg langsam die Wendeltreppe hinab. Heute wird kein Besucher mehr kommen, er könnte ohnehin nichts mehr sehen. Aber die Leute kommen auch nicht, wenn sie etwas sehen könnten. Letzten Monat haben sich zwei ältere Paare und drei junge Männer hierher verirrt, im Monat davor niemand. Im Nachsommer nimmt das Interesse völlig ab. Die Männer machten sich einen Spaß daraus, einen Wettlauf zu veranstalten. Wer schafft die dreihundert Stufen bis zur Galerie als erster? Das machen sonst nur Kinder.

Als er ein Drittel des Abstiegs hinter sich hatte, sah er aus einer der Luken. Der Dunstschleier in der Ferne hatte sich verdichtet. Zum Jubiläum vor acht Jahren gab es noch ein kleines Fest, der Bürgermeister hielt eine Rede, oben, an der Laterne hatte man kleine Wimpel aufgezogen, sogar ein Reporter war gekommen. In der Dienstwohnung trafen sich die alten Wärter, die noch am Leben waren, die Veteranen des Feuers, viel zu reden hatten sie nicht, es war nie viel zu reden, schon damals nicht, während der Arbeit ging jeder seiner Wege, worüber sollte man reden? Wenigstens gab es genug zu trinken.

Als er am Fuß des Turms auf das Plateau hinaustrat, schaute er noch einmal hoch. Er schloß das Portal ab, strich mit der linken Hand über den Mittelpfosten der Doppeltür, an dem die Kröten und Holzschlangen hinabkrochen, dann ging er hinunter ins Dorf.

Im Gasthaus bestellte er einen Teller von dem aufgewärmten Fleischeintopf, den es jeden Tag gab, und leerte ein Glas Wein. Heute hatte er keinen Appetit auf das Seelachsragout. Außer ihm saß niemand im Gastzimmer, er war zwei Stunden zu früh. Der Wirt hantierte nebenan in der Küche, aus Langeweile griff er sich die Zeitung und überflog die Schlagzeilen und Todesanzeigen. Fadenscheinige Vorhänge hingen vor den Fenstern, in der Ecke stand das hölzerne Steuerrad aus dem Kutter, der längst abgewrackt war. Der Dunst muß uralt sein, dachte er, abends ist es immer voll, jetzt sind die Männer noch draußen auf dem Wasser, auf ihren Posten, um sich die nächtlichen Trinkstunden zu verdienen. Nach dem dritten Glas stand er auf, es war Zeit. Er nickte dem Wirt zu und verließ das Lokal. Unschlüssig stand er auf der Dorfstraße. Warum soll ich nach Hause gehen? Vermissen wird mich niemand, und erwarten wird mich auch nichts.

Er klemmte die Tasche unter den Arm und stapfte wieder zur Klippe hinauf. Hinter dem Turm hatte sich eine undurchdringliche Wand aufgebaut. Gleich werden Kuppel und Laterne im Grau verschwunden sein. Er beeilte sich, doch als er das Plateau erreichte, sah er nur noch eine schemenhafte Turmsäule. Der Eingang war fast nicht zu erkennen. Keuchend fingerte er den Schlüssel aus der Manteltasche, öffnete die Tür und zog sie sofort hinter sich zu. Mit der Linken klammerte er sich an den goldglänzenden Handlauf. Wenn er das Treppenhaus betrat, mußte er sich immer am Geländer festhalten. Es war finster. Er knipste den Schalter an. An einigen Stellen waren die weißen Kacheln abgeplatzt, so daß der Granit zum Vorschein kam. Immer wenn er nach oben sah, schien der Turm leicht zu wanken. In unendlicher Drehung schraubte sich die Treppe wie in einem engen Trichter in die Höhe. Es kam ihm vor, als locke die Spirale ihn auf die Stufen, als ziehe es ihn mit ungeheurer Sogkraft hinauf. Das lichte Blau der oberen Windungen war längst einem düsteren Grau gewichen. Durch das Opalglas der Fenster gelangte kein Licht mehr in das Treppenhaus; die Glühbirnen beleuchteten die Treppe nur spärlich. Aber er wußte, daß sich der Schwindel sofort verlieren würde, sobald er die ersten fünf Stufen genommen hätte.

Müde schleppte er sich hinauf. Der Eintopf lag ihm im Magen, und der schnelle Rückmarsch hatte ihn angestrengt. Er spürte, wie das Blut im Hals pulsierte. Weshalb war er zurückgekehrt, warum nahm er erneut die Strapaze des Aufstiegs auf sich? Sonst ging er nur morgens einmal hinauf, um nach dem Rechten zu sehen. Falls Besucher kommen, sollte alles in Ordnung sein. Auch abends stieg er nochmals bis zur Laterne hinauf, eine alte Gewohnheit, abends mußte früher immer das Feuer gezündet werden. Langsam bin ich zu alt für diese Arbeit, murmelte er vor sich hin, seit sie den Turm stillgelegt haben, harre ich hier aus, putze regelmäßig die Prismen, kontrolliere die Motoren, streiche Räume und Treppenhaus, halte alles in Schuß, nur das Feuer muß ich nicht mehr entzünden. Vielleicht bin ich hier zuhause, die Rente ist knapp, der Bezirk zahlt ein kleines Salär, und manchmal gibt ein dankbarer Besucher ein Trinkgeld. Großzügig sind sie nie. Viele geben überhaupt nichts; sie tun so, als säße ich umsonst hier, für nichts. Dabei passe ich auf den Turm auf. Man könnte ihn genauso gut abreißen. Aber dann wäre nichts mehr zu tun.

An den Luken im Treppenhaus preßte sich die feuchte Nebelwand gegen die Scheiben. Vom Meer drang kein einziges Geräusch herein. Auf der Landseite gegenüber war auch nichts zu erkennen, weder Straßenlaternen oder Autoscheinwerfer noch die Leuchtreklame der Tankstelle, nicht einmal das rote Blinklicht des neuen Turms. Die Welt schien in einem grauen Ozean versunken. Er räusperte sich. Ich muß im Dienstzimmer die Lampe holen, vielleicht funktioniert sie noch. Ersatzbatterien sind sicher keine da. Wenn das Licht ausfällt, ist es im ganzen Turm finster und naß. Der Hustenreiz verstärkte sich, die Kehle war auf einmal wie zugeschnürt. Unaufhaltsam scheint der Nebel durch die Steine zu dringen, er kriecht durch die Ritzen, dabei ist der Turm doch abgesperrt, bei der letzten Renovierung habe ich alle Fugen abgedichtet und alle Öffnungen verklebt. Fast luftdicht ist man hier eingeschlossen. Er hustete, aber jedes Räuspern ließ nur den Kloß im Hals weiter anschwellen. Sein Kopf lief rot an, mühsam preßte er die Luft aus der Lunge, um Platz zu schaffen für neuen Atem. Ein paar Meter unterhalb des Schlafraums setzte er sich auf eine Stufe und sah das Treppenhaus hinab. Unten brannten die Glühbirnen, die Seitennischen mit den vergitterten Fenstern waren nur noch finstere Löcher. Noch dreißig Stufen bis zum

Schlafraum, bis zur Kajüte hinauf, die paar Stufen werde ich auch noch schaffen.

Die Tür zum Schlafraum war nur angelehnt. Er hatte vergessen, sie beim letzten Kontrollgang abzuschließen. Das Zimmer war nicht zur Besichtigung freigegeben. Früher, als der Turm noch in Betrieb war, diente es ihm als Refugium. Hier konnte er sich mittags ausruhen oder sich nachts zurückziehen, wenn sie zu zweit in Wechselschicht arbeiteten. Als Museumswärter nutzte er das Zimmer nur selten. Im Hochsommer, wenn die Nächte kurz sind und die Luft nicht abkühlen will, schlief er hier und genoß im Morgengrauen den Blick von der Galerie. Die Brise weckte ihn auf. Bequem hatte er es in dem Zimmer nicht. Die gestreifte Matratze auf dem Eisengestell war durchgelegen, das Kissen roch nach altem Schweiß, Schränke gab es nicht, nur ein paar Ablagebretter mit einem Vorhang davor. Die Bretter waren so schmal, daß man keine Decke ablegen konnte, ohne sie vorher zu einem Paket zusammengefaltet zu haben. Direkt hinter den Brettern verlief die geweißte Granitmauer, deren Krümmung kaum Platz ließ. Immerhin ist es nicht so modrig wie draußen im Meer, wo die Wände immer feucht waren. Auf dem Holztisch stand ein altes Radio. Es hatte noch eine Kurzwellenskala, so daß er die Funksignale mithören konnte.

Erschöpft legte er sich auf die Matratze, verschränkte die Hände hinter dem Kopf und blickte zur Decke hinauf, wo ein altes Plakat angeklebt war. Es zeigte ein liebliches Tal, grüne Wiesen, ein Dorf mit Kirchturm,

Tannenwälder, in der Ferne ein tiefblauer See und über allem der Gebirgszug im Schnee. Ein einziges Mal war er in seinem Leben in den Bergen gewesen, sein Bruder hatte ihn mitgenommen, und sie blieben dort fast einen Monat. Der Bruder ist nicht zurückgekehrt. Er aber verbrachte sein Leben an der Felsküste, zuerst auf einem Fischkutter und einem Minensucher, dann zwölf Jahre auf dem Turm im Meer. Als er die Hölle nicht mehr ertrug, versetzte man ihn an Land. Und jetzt, im Alter, bewacht er den ausgedienten Turm an der Steilküste. Das Meer, die Brandung, endlose, durchwachte Nächte unter dem Leuchtfeuer, ein paar Besucher im Sommer, das spärliche Trinkgeld, Wein und Schnaps, das war alles. Erschöpft schloß er die Augen und horchte hinaus. Nichts war zu hören, kein Scheppern, kein Dröhnen, kein Säuseln, kein Windhauch unter der Tür.

In dem Turm mitten im Meer war es nie still gewesen, keine Sekunde. Stetig hämmerte das Wasser gegen den Felsen, pochte gegen das Fundament, schlug gegen Pforte und Fenster. Bei Sturm brüllte der Wind um den Turm, und die Gischtgarben schossen die Stockwerke hoch bis zur Kuppel. Waren Wetter und See ruhig, kreischten die Vögel, und im Maschinenraum wummerten nachts die Motoren. Doch am schlimmsten war das Nebelhorn. Wenn die Sirene ertönte, vibrierte der Boden, ein Ruck ging durch den Körper, die Finger begannen zu zittern. Man konnte nichts dagegen tun, das Dienstzimmer durfte man nicht verlassen. Stundenlang wartete man, daß es endlich aufhörte. Jede dritte Minute heulte die Sirene los, und jedes neue

Signal ließ einen von neuem erbeben. Eine Nacht im Nebel, das war die Hölle. Niemand soll sagen, in der Hölle regiere das Feuer. Die Hölle, das ist das Wasser, das ist der Krach. Dagegen halfen weder Ohrenschützer noch Wachs. So laut war es an solchen Tagen, daß man sich nur mit den Händen verständigen konnte. Tagelang konnte der Nebel den Turm umschließen. Schlaf war unmöglich. Sogar die Vögel gerieten in Panik. Das Feuer zog sie an, sie flogen heran, große Vögel, schwarze Vögel darunter, Wasserraben, Mantelmöwen, Baßtölpel oder Sturmtaucher, einige hatten eine Spannweite von über einem Meter, das Licht saugte sie an, und dann heulte die Sirene los, und sie gerieten völlig außer sich, stürzten sich auf das Licht. Köpfe und Leiber prallten gegen Mauer und Scheiben, sie brachen sich die Flügel oder Hälse, fielen halbtot hinab in die See oder lagen zerschmettert auf der Galerie. Im Morgengrauen warfen wir noch halbtaub die Kadaver über das Geländer und schrubbten Federn, Blut und Knochen vom Glas und Granitboden. Lag die Nebelbank noch immer über der See, unternahmen wir gar nichts. Es war unmöglich, sich auf der Galerie oder in der Laterne, direkt unter dem Nebelhorn, aufzuhalten. Man hätte sofort das Gehör verloren.

Nun war es totenstill. Er setzte sich auf die Bettkante, schaute die kahlen Wände entlang und drehte am Knopf des Radios. Durch die Luke sah er die graue Nacht. Eine Frauenstimme trällerte einen Schlager, auf einer anderen Frequenz gab es Disco-Musik. Das war ihm alles zu laut. Auf Kurzwelle kamen ein paar

Morsesignale, knisterndes Gepiepse aus Moskau, Monaco, Hilversum. Eine winzige Drehung des Knopfes bedeutete einen Sprung über tausende Kilometer. Es kümmerte ihn nicht. Eine Wettervorhersage für die Gegend fand er nicht. Er stellte das Radio wieder ab, ging hinaus ins Treppenhaus und schleppte sich zur Galerie hinauf. Als er die Tür öffnete, sah er nichts als feuchte, kaltgraue Masse. Noch nie hatte er solchen Nebel erlebt. Er zog die Schultern hoch und schaute nach oben. Sogar die Löwenköpfe der Regenspeier und die weiße Eisenleiter zur Kuppel waren vom Nebel verschluckt. Er streckte den Arm aus, das Handgelenk verschwand im Nichts. Obwohl er jede Bewegung im Turm seit Jahren in den Gliedern hatte, wagte er nicht, die zwei Schritte zur Brüstung vorzugehen. Er keuchte, erneut schnürte sich die Kehle zu. Dieser Nebel wird sich so schnell nicht verziehen, dachte er, das kann Tage dauern. Der Rückweg ins Dorf war unmöglich. Er schloß die Tür, warf einen letzten Blick in das Dienstzimmer und kehrte in den Schlafraum zurück. Er zog die Schuhe aus, legte sich auf die Matratze und schloß die Augen. Ruhe wollte er spüren, den Puls, der hier träger ist als sonst. Auf einmal aber fühlte er, wie alles größer und größer wurde und dann kleiner und kleiner. Schneller und schneller drehte es sich im Kreis. Mit jähem Schwung wirbelte es ihn durch das Rund des Treppenhauses.

IM LANDHAUS

»Zur Ehre der Menschheit ist wenig zu sagen«, stand auf dem Zettel. In schwarzer Tinte waren die Buchstaben gekritzelt, die Vokale waren zu Querstrichen verkürzt und die jähen Unterlängen mit schroffer Hand gezogen. Er hatte den Tintenfüller mit dem titangrauen Schaft und der überkrusteten Goldfeder benutzt. Das Schriftbild war verzerrt, mehrfach hatte er neu angesetzt; mitten im Strich brachen die Linien ab; nur zu diesem einen Satz hatte es gereicht.

Weitere Blätter fanden sich in den Schubladen nicht, keine Briefe, keine Verträge, keine Aufzeichnungen, dafür ein paar Zeichenstifte mit weicher Mine und einige Skizzen: Augenpaare, Pupillen, Lippen, Ausschnitte von Gesichtern, nirgends ein vollständiges Portrait, auch kein Selbstbildnis, immer nur Augenpaare, die den Betrachter anstarrten, weit aufgerissene Augen, mitleidlos, angstvoll, zornerfüllt. Seht Ihnen in die Augen, hatte er früher manchmal gesagt, und Ihr wißt, daß sie lügen. Augen können lügen, niemals liegt die Wahrheit in den Augen, jeder legt sich den Blick zu, den er benötigt, sie schminken sich die Augen zurecht, schattieren die Lider, pinseln die Höhlen aus, schwärzen die Wimpern, spritzen die Fältchen weg, glätten die Kerben. So verschwinden Lachen und Weinen. Von klein auf üben sie die Blicke, mit denen sie sich selbst belügen, jahrelang üben sie den rechten Blick, für jeden Anlaß ein passendes Gesicht, Blicke der Scham und Begierde, der Reue, der Unterwerfung. Keinem dieser Blicke darf man glauben, alle sind sie aufgesetzt, alle sind sie verlogen; sie sagen nicht, was einer fühlt, sondern was ihm vorteilhaft erscheint. Mit der Zeit, sagte er, paßten sich auch die Gefühle an, sie schmiegten sich den Umständen an, geschickt und gesinnungslos. Gefühle seien nie echt, alles andere sei sentimentales, salbungsvolles, ekelhaftes Geschwätz; die Hände müsse man sich waschen nach all den Beschwörungen der Wahrhaftigkeit. Es gäbe gar keinen Anlaß, auf die Ehrlichkeit zu pochen, wenn nicht alles gelogen wäre. Durch und durch sei der Mensch verlogen, eine Lüge folge auf die andere, sein ganzes Leben sei auf Lügen gebaut, seine Geschichte – ein Ammenmärchen, sein Körper – ein Lügengerüst, notdürftig mit Ersatzteilen ausgestattet, das Rückgrat – früh krümmt sich, wer nach oben will; alles ertrüge der Mensch, zu allem sei er fähig, er biege sich zurecht, biege sich nach dem Wind, und seine Augen: nichts als Lug, Trug und Hinterlist. Zuerst bemerke er seine Hintergedanken noch, aber bald sei er nur das, was er zu sein scheint. Ein Trugbild sei der Charakter, eine blitzblank polierte Spiegelfläche der Umstände. Für jede Gelegenheit habe er eine Lüge parat.

»Er hat häufig Augen gezeichnet, Augen haben ihn fasziniert«, bemerkte die Haushälterin, die das Haustor geöffnet hatte. Sie war für seinen Bruder das Mädchen für alles, zweimal in der Woche kam sie aus dem Nachbarort, kochte für ihn, wischte den Staub von den unbenutzten Gläsern, pflegte die Rosen im Garten und erledigte, was anfiel, eine resolute, gepflegte Frau mit kurzen, braunen Haaren; ihre Stimme färbte die Vokale dunkel, aber ihre grünlichen Augen strahlten, wenn sie den Besucher ansahen. »Er beurteilte Menschen nach ihren Augen, aber er glaubte ihnen nicht. Er glaubte überhaupt nichts, er glaubte niemandem.« – »Auch Ihnen nicht?«, fragte er, »Sie waren doch lange bei ihm?« – »Ich weiß es nicht«, lachte sie resigniert. Niemandem habe er wirklich getraut, weswegen er mit den Jahren auch jeden Kontakt abgebrochen habe. Unerwartete Begegnungen haßte er, Besuche wiegelte er ab, Gäste komplimentierte er, kaum daß sie da waren, wieder hinaus. Fuhr er in die Stadt, erwiderte er keine Aufmerksamkeit, quittierte kein Lächeln, reagierte unwirsch auf Fragen. Alle stieß er vor den Kopf. Er las keine Briefe; die Handvoll Karten, die er über die Jahre verschickte, könne man kaum als Korrespondenz bezeichnen. Er nahm den Hörer nicht ab und kündigte schließlich das Telefon. Den alten Computer habe er nur selten angeschaltet. Einen Netzanschluß hatte er nie. Zu ihr sei er jedoch immer höflich, zuvorkommend, manchmal sogar großzügig gewesen. Sonst mied er die Menschen. Es genügte ihm vollauf, ihre Natur zu kennen. Grüße nahm er nicht wahr und ließ auch keine ausrichten. Die alten Bekanntschaften waren ihm entglitten, Freundschaften hatte er aufgekündigt. Widerwillen und Nachlässigkeit entfernten ihn von den anderen. Jeder müsse schließlich mit sich selbst fertig werden. Und er sei längst mit sich selbst fertig gewesen.

Wo war der Bruder? War er noch am Leben, hielt er sich irgendwo verborgen oder war er nur verreist? Er hatte keine Nachricht hinterlassen, auch keinen Abschiedsbrief. Nach zwei Wochen hatte die Haushälterin angerufen, aber er konnte, obwohl er sich sofort auf den Weg machte, erst nach einigen Tagen vor Ort sein. »Er ist fort«, hatte sie am Telefon gesagt. Sie wisse nicht, was dies bedeute. In den letzten Wochen sei alles wie immer gewesen, nichts, was sie stutzig gemacht hätte. Hatte ihn jemand abgeholt? Nachfragen in den umliegenden Krankenhäusern und Polizeistationen ergaben nichts. Er mußte sein Verschwinden geplant haben. Wie schwer ist es, sich in Luft aufzulösen? Sollte man eine Anzeige oder einen Suchauftrag aufgeben? Es wäre nicht in seinem Sinne gewesen. Er wollte nicht gesehen, geschweige denn von jemandem gesucht werden. Seit vielen Jahren hatte er den Bruder nicht mehr getroffen, auch Briefe hatten sie nicht mehr gewechselt. Er wollte nicht an die alte Familie erinnert werden.

Er bat die Haushälterin um die Schlüssel und notierte ihre Adresse. Als sie mit dem klapprigen Fahrrad die Straße hinabfuhr, schloß er die Gartentür und öffnete den Holzschuppen: ein geschliffener Spaten, eine Schere, Draht, eine scharfe Sichel, eine Axt, ein Feuerhaken, gefährliches Gerät, Waffen gegen die Natur, ein

Beutel Dünger und eine Kanne mit brackigem Wasser. Der Garten hatte ihm nicht viel bedeutet, die Rosen faulten unter den feuchten Pilzen, der Lavendel blühte ohne Duft, der Rasen war seit Wochen nicht gemäht. Große Mühe hatte sie sich mit dem Garten nicht gegeben. Mäuse hatten kleine Erdhügel aufgeworfen, der Apfelbaum würde in diesem Jahr nur wenige Früchte tragen.

Das Landhaus hatte sieben Zimmer, eine winzige Küche, einen Westbalkon in der ersten Etage, mit Blick hinaus ins Tal. In der Ferne glitzerte abends der Fluß im Gegenlicht. Er bevorzugte den weiten Blick, den leeren Himmel über den Bergen; auch die Aussicht von Kirchtürmen schätzte er, das Meer der Dächer, Giebel und Schornsteine, die Wolken, die über die Stadt zogen. Er wollte sich die Dinge vom Leibe halten. Immer bevorzugte er große, weite Räume, Hallen, Parkhäuser oder schmucklose Kirchen, aus denen die Bildwerke entfernt und die Fenster ausgeschlagen waren. Am liebsten waren ihm verlassene Lagerhäuser, kahle Wände, die blanken Paletten, Pfützen auf dem Beton, faulender Dreck; je größer, desto besser, ein gigantischer Lagerraum für alles – und nichts darin. Einmal hatte er fünf Wochen in solch einer Halle verbracht. Nachts verirrten sich nicht einmal Ratten in diese Leere. Hielt man das Ohr an die Wand, war nichts zu hören. Die Ratten hatten das Gebäude längst verlassen, vielleicht waren sie auch am Schrecken der Leere eingegangen und jemand hatte rechtzeitig die Kadaver mit dem Besen entfernt.

Die drei größeren Zimmer im Erdgeschoß hatte der Bruder unmöbliert gelassen. In den Räumen hallten die Schritte wider, es gab keinen Teppich, keine Schränke, keinen Stuhl, keine Lampe, keine Vorhänge, nur nackte Wände, keine Spur einer Tätigkeit, aber ein seltsamer Geruch lag in der Luft, der Geruch von Schweiß und kaltem Rauch. Hatte er sich im Halbdunkel in die Ecke gesetzt und sich vorgestellt, daß ihm jemand gegenüber säße? Hatte er Selbstgespräche geführt und über die Nacktheit der Existenz gegrübelt? Jedes Mal, wenn er eines der Zimmer betrat, konnte er sich wie neugeboren fühlen. Nichts hinderte ihn daran, sich frei zu bewegen oder ins Leere hinaus zu schreien. Kein Tisch und kein Bett, nichts stand im Wege. Vielleicht ist er übermütig von Wand zu Wand gesprungen, oder er hat die Länge und Breite der Räume abgeschritten, weil er nicht wußte, ob er nach links oder rechts gehen sollte. Womöglich hat er die Wände abgetastet und nach unsichtbaren Verstecken gesucht, nach Zeichen früherer Bewohner, vielleicht hat er die kahlen Flächen gestreichelt, wo jetzt nur die Schatten zurückbleiben. Der größte Teil seines Lebens bestand im Vertreiben der Zeit. Sie verging mit zunehmender Geschwindigkeit. Viele Male muß er durch die Zimmer gegangen sein. An einer Stelle waren mit dem Fingernagel kleine Kerben eingeritzt, kurze Linien, kreuz und quer, Linien, die nichts besagten.

Vergessen wollte er, radikal und unbestechlich wollte er vergessen, ohne Ansehen der Person, ohne Bewertung der Sache. Unerträglich waren ihm Erinnerungen; er hielt sie für sentimentale Überfälle aus Zeiten, die endlich vorbei waren. Woran hätte er sich erinnern sollen; warum sollte er sich etwas widmen, das nicht mehr war? Er hatte keine Vergangenheit, der er hätte nachtrauern können. Es gab nichts, was eines Gedankens wert gewesen wäre, ein paar Minuten allenfalls in all den Jahrzehnten. Er war immer allein, als Kind, als die Eltern mit sich selbst beschäftigt waren, in der Pubertät, in der Ehe, nichts kannte er besser als die Verlassenheit zu zweit, zu dritt, unter vielen, die kalte Finsternis in den Höllen der Gemeinschaft. Gewiß, die Welt war voll von Freunden, die er niemals kennengelernt hatte. Dafür hatte er seine Zeit mit Menschen verbracht, die er hätte meiden sollen. Aber er wußte, daß jeder, der eine Bilanz aufmacht, nicht ganz bei Trost ist. Rückgängig machen läßt sich das Leben nicht, und erneuern auch nicht. Er glaubte nicht an eine Zukunft, die anders als die Vergangenheit wäre. Um der Zukunft nicht ins Auge blicken zu müssen, mußte er die Vergangenheit vergessen. Weshalb sollte er sich ausmalen, was sich in seinem Leben nicht abgespielt hatte? Die meiste Zeit bestand aus Lücken. In seinem Leben war er alle Jahre abwesend gewesen. Auch wenn er umherging, konnte er nichts nachholen und nichts nachträglich auffüllen, berichtigen, umlenken. Am Ende gibt es keine Entschädigung, keinen Ausgleich, keine Ersatzzahlung. Auch die letzte Abrechnung sollte man so rasch wie möglich aus dem Gedächtnis löschen.

Ein Testament war von seinem Bruder nicht zu erwarten. Er hatte nichts zu vererben und wollte nichts hinterlassen. Er habe sich, hatte er früher einmal bemerkt, in den Menschen nicht geirrt und sei auch von ihnen nicht enttäuscht worden, er habe nie etwas von ihnen erwartet. Er hasse sie nicht und verachte sie nicht, sie verdienten weder Haß noch Verachtung, von niemandem könne man etwas erhoffen, auch von sich selbst nicht; und was ihn selbst anginge, hatte er lächelnd hinzugefügt, habe er sich nur selten geirrt.

Die beiden Zimmer in der ersten Etage hatte der Bruder so ausgestattet, wie es Brauch war. In einem Raum standen ein kleiner Tisch, zwei Stühle und ein Schrank mit Geschirr und Besteck, in der Ecke gegenüber ein schwarzes Klavier und ein Holzregal mit Noten, Sonaten von Scarlatti bis Scrjabin, fast alle durchgearbeitet mit Fingersätzen, Bögen, dynamischen Zeichen, Randnotizen, schwere Literatur darunter, jahrelang muß er daran gearbeitet haben, ohne ein Wort darüber zu verlieren. War dies seine verborgene Leidenschaft gewesen? Stundenlang muß er täglich geübt haben, diese unspielbaren Stücke, die mancher Virtuose auch in späten Jahren nicht aufzuführen wagt. Oder hatte er sich alles nur vorgestellt und die Töne niemals wirklich gehört? Im ganzen Haus fand sich keine Musikanlage, keine Vinylplatten, keine Disk, keine Tonbänder oder Kassetten. Er mißtraute fremden Augen, mißtraute er auch den Tönen der anderen? Verließ er sich nur auf sein eigenes, sein inneres Gehör? In der Jugend hatte er ohne Eifer und Begeisterung musiziert, er war begabt, aber nicht fleißig. Vielleicht verlegte er sich auf die Stimmen der Musik, nachdem er der Menschenstimmen überdrüssig war. Das Klavier war kaum verstimmt, es klang sonor in den Bässen, warm im Tenor und klar im Diskant, ohne schrille Brillanz. Offenbar hatte er es regelmäßig stimmen lassen. Nicht einmal Haarrisse waren im Lack. Die gesamte Literatur hatte er gespielt, aber in Mozarts Sonaten fehlte jede Notiz, keine Phrasierung, kein Akzent, keine Ziffer. Vielfach hatte er in dem dicken Leinenband gelesen, einige Seiten waren sorgfältig eingelegt, weil sich der Leim schon aufgelöst hatte. Er wußte nicht, wie er Mozart spielen sollte.

Neben dem Balkonzimmer mit dem unbenutzten Bett, dem leeren Schreibtisch und einem halbvollen Bücherregal führte eine Treppe hinauf in die zweite Etage, direkt unter das Dach. Um in die große Doppelkammer zu gelangen, mußte er sich mit dem Körpergewicht gegen die Tür stemmen. Übervoll war der Raum: ein alter Sessel, eine Kommode mit frischgebügelter Wäsche, Türme von Pappkartons, Aktenordner, aufgeschlagene Bücher, leere Bilderrahmen, Stapel mit Zeitungsausschnitten, Lappen, Ölfarben, Pinsel, eine Schreibmaschine, auch zwei Anzüge nach alter Mode, eine Werkzeugkiste, das Kopfteil eines Bettes, zwei aufgerollte Teppiche, ein verrostetes Fahrrad. Früher muß er die große Kammer einmal bewohnt haben. Ein umgekippter Stuhl lag da, wo er umgefallen war. Auf dem Fußböden sammelten sich Staub, Papier, alte Gläser, Löffel, eine ausgebeulte Cordhose, Postkarten, auf denen keine Zeile geschrieben stand. Die Scheiben der Dachfenster waren fast blind von Regenschlieren und

Blütenstaub. Ein schmaler Pfad führte im Zickzack durch dieses Reich der Verwahrlosung. Er hatte nichts gesammelt oder aufbewahrt, er hatte einfach nur abgelegt, was er entbehren wollte. Sein Leben hatte er hier abgelegt. Er war ohne diese Dinge ausgekommen; er wäre auch ohne sein eigenes Leben ausgekommen. Die Glühbirne hatte er nicht ersetzt, das Bild einer Meerlandschaft, das von der Wand gefallen war, lag noch an seinem Fleck. Hatte er sich in diesem Tohuwabohu zuletzt noch aufgehalten, so wie er unten in den leeren Zimmern gehockt hatte, war das Haus ein Experimentallabor, um die Zustände der Welt am eigenen Leib zu erproben, die Leere und die Dichte, die Ordnung, das Chaos? Wollte er erleben, wie es sich im Nichts leben läßt, oder hatte er die Dinge nur gründlich vergessen, so wie er sein Leben irgendwann vergessen hatte? Die Kammer glich einer Gruft, aber er war weder trübsinnig noch verbittert. Waren ihm all diese Überreste gleichgültig, hatten sie ihn niedergedrückt oder gar amüsiert? Aber wie konnte er dieses Haus ertragen? Nur den flüchtigen Tönen der Sonaten hatte er eine Berechtigung zugebilligt. War er verrückt, ohne daß es jemand bemerkt hätte? Hatte er sich zu Ende gelebt? Oder ist er verschwunden, weil er sich gelangweilt hat? Über der Lehne des alten Sessels hing das graue Sakko, als sei er gerade vor die Tür gegangen.

DAS GERICHT

Der Ballsaal war ein langgestreckter Raum von großer Höhe, der das Sonnenlicht durch gelbe und blaue Deckenfenster empfing. Bei Nacht wurde er von Kerzenleuchtern und unzähligen Wandkandelabern erhellt. Den Dienern gab man zudem Fackeln in die Hand, die einen betörenden Duft ausströmten. Am Kopfende standen auf einem Podest sechs Polsterstühle und ein langer Tisch, über den ein schwarzes Tuch gespannt war. An der linken Wand hatten die Musikanten Platz genommen, ein kleines Orchester aus Streichern und Bläsern, das den Gästen zum Tanz aufspielte. Am Eingang war ein Herold im Affenkostüm postiert, der jeden Gast mit wildem Geschnatter begrüßte. Ausrufen konnte er die Namen nicht, denn alle kamen sie in Masken, so wie es ihnen aufgetragen war.

Ein prachtvolles Fest ließ der Fürst inszenieren, und keiner der Gäste wollte mit seinem Charakter zurückstehen. Reichlich Glanz, Glitzer und Geflitter war zu sehen, manch lüsterner Reiz und hier und da eine Fratze. Jeder war gehalten, sein Gesicht zu verbergen. Ein sonderbares Spiel begann, kaum daß der Ball eröffnet war: Katzengesichter begegneten einander, Wolfsschnauzen, Löwenmähnen, Bärenschädel und

Vogelschnäbel, Lurche und gehörnte Insekten, und niemand wußte, wer sich hinter den Tiergesichtern verbarg. Einer, der sich seiner Stirn ganz sicher war, hatte sich sogar ein Hirschgeweih aufs Haupt gesetzt. Andere Gäste waren in die Kostüme der Stände und Berufe geschlüpft. Bauern winkten einander zu, die noch nie einen Acker gepflügt hatten, Advokaten und Apotheker verneigten sich voreinander, Pastoren und Päpste segneten die Gläubigen, Engel und Eunuchen schwebten übers Parkett, Freibeuter und Tagediebe schlichen durch den Saal, einige Prinzen und Könige grüßten huldvoll ihre Untertanen. Auch die Damen der Gesellschaft ließen es nicht an Einfällen fehlen. Üppige Blumenmädchen hatten sich Hasen- oder Fuchslarven übergestülpt, ältliche Matronen verbargen ihre Figur in den langen Mänteln der Blutsauger, Piratinnen fuchtelten mit stumpfen Degen herum, dazwischen grüßten grell geschminkte Göttinnen der Nacht und Geister des Hades. Hexen begleiteten ihre Teufel, Kurtisanen ihre Freier. Manche Paare schienen direkt der Bühne entsprungen, Desdemona und Othello, Odysseus und die treue Penelope, und ein junges Paar, das es sonst mit der Treue nicht so genau nahm, hatte sich in Philemon und Baucis verwandelt. Nichts als falsche Bärte und falsche Nasen liefen umher, Gesichter aus Pappe, Satin oder gehärtetem Wachs, blinde Augen und geifernde Mäuler, Haare in allen Farben des Regenbogens. So war niemand derjenige, der er war; und keiner vermochte zu erkennen, wer ihm entgegentrat.

Der Fürst, der sich in Bettlerlumpen gehüllt hatte, genoß den heiteren Tumult der Gefühle. Zuerst tasteten die Gäste einander vorsichtig ab, da keiner wußte, ob um Mitternacht die allgemeine Entlarvung drohte. Wer wollte sich schon zum Gespött der anderen machen? Auf seinen Ruf war jeder bedacht, obwohl gar kein Ruf zu verlieren war. Doch mit den Stunden wich die Zurückhaltung, dicht bevölkert war der Saal, der Wirbel der Reize und Träume hob die Stimmung, der Wein löste die Zungen, beschwingt drehten sich die Paare im Tanz, es war viel Gelächter, Ausgelassenheit, Leichtsinn und Überschwang. Immer derber wurden die Scherze, die Maske befreite Trieb und Seele, bis um ein Uhr unverhofft drei tiefe Gongschläge erdröhnten. Augenblicklich war es still, die Musik verstummte, der Tanz kam zur Ruhe, das Lachen erstarb.

»Das hohe Gericht!«, kreischte der Herold in seiner äffischen Tracht, wie von selbst taten sich die Flügeltüren auf, die Gäste wichen scheu zurück und bildeten eine Gasse in ihrer Mitte. Gemessen schritten die Richter durch den langen Saal hinauf zum Podest. Jeder trug einen blutroten Seidenumhang, auf dem Kopf eine spitze, schwarze Kapuze, die nur Schlitze für Augen und Mund ließ. Ein leichtes Frösteln ergriff die erhitzten Leiber in den ersten Reihen, da und dort hörte man jemand aufkreischen, die Gefaßteren griffen sich mit feuchten Händen an die Stirn, um den Sitz ihrer Maske zu prüfen. Im Gefolge der Richter betraten die Gehilfen den Saal, die schweißnassen Oberkörper entblößt, auf dem Kopf die weiße Spitzhaube, einige hielten lange Peitschen in der Hand, zwei schleppten einen schweren Dreifuß herein, auf dem eine Pfanne mit glühenden Kohlen stand. Die Gäste flüsterten und tuschelten: war diese bizarre Prozession der Höhepunkt des festlichen Mummenschanzes oder sein grausames Ende? Drohte nun die Entlarvung, und wer würde nun, zum Ende des Jahres, verbrannt?

»Der Inquisit!«, rief der Herold in die Stille hinein, und alle Köpfe flogen erneut herum und blickten zur Tür. Begleitet von zwei Gehilfen in schwarzem Gewand, tänzelte ein kleiner, dickleibiger Mann herein. Er steckte in einem makellosen Seidenanzug, die überlangen Ärmel waren an den Ellbogen dicht zusammengeschoben, damit die Hände nicht im Stoff verschwanden. Die Hosen indes waren viel zu kurz. Verloren wirkte er in dem falschen Gewand, wie ein Hampelmann, dem man die Schnüre abgeschnitten hatte. Er war der einzige im Saal, der keine Maske über dem Gesicht trug. Aber niemand konnte sagen, wohin er den Blick wandte, zu Boden, aus Scham über sich selbst, in seine Seele, weil er dort Achtung und Mut erwartete, zu einem höheren Wesen, von dem er Erlösung erhoffte? Er schien hier fehl am Platz. Er wußte nicht, wie er gehen sollte, wie er die Arme halten, wohin er blicken sollte. Alle Knöpfe seines Rockes waren geschlossen, damit er nicht entfliehen konnte. Gefangen im Käfig seiner Lächerlichkeit zogen ihn die Gehilfen vor das Gericht. Die Gäste waren froh, nicht selbst gemeint zu sein. Erste Rufe erklangen, Spottrufe, immer lauter wurde das Gejohle, Gekrächze und

Gefauche. Die Tiergesichter machten ihrer Beklemmung Luft und waren erleichtert, daß aller Hohn sich auf den Missetäter richtete, diese groteske Figur in feinster Seide, die niemand erkannte. Aber konnte er sich das Gespött, das so unverhofft über ihn hereinbrach, überhaupt erklären? Vielleicht glaubte er, seine plumpe Tänzelei würde die Gäste erheitern, oder war es der Anzug, der ihm nicht paßte? War er unfähig zu bemerken, wie fremd er in dieser Welt war, kannte er es nicht anders?

Vor dem Gerichtstisch hieß man ihn niederknien. Die beiden Gehilfen legten ihm links und rechts ihre Hand auf die Schultern. Ein Richter hob den Stab, das Gelächter verklang so plötzlich wie es ausgebrochen war. Wieder herrschte Totenstille im Saal. »Warum trägt Er keine Maske«, klang es dumpf aus der Kapuze des ersten Richters, »weiß Er nicht, daß dies verboten ist?« Kaum vernehmbar war die Stimme, aber alle verstanden sie, auch die Gäste, die mit dem Rücken an der Wand standen. Der Tölpel reckte den Kopf und zuckte die Achseln. Sein Hals verschwand fast in dem riesigen Gewand; Arme und Hände konnte er kaum bewegen. Wie in einem Schraubstock schien er zu stecken, so unerbittlich umklammerten die Gehilfen seine Schultern. Er versuchte, sich mit einer Seitendrehung herauszuwinden, doch jede Bewegung ließ sie fester zupacken, bis er endlich aufgab und in sich zusammensank. Ein zweiter Wink mit dem Zeigefinger, und sie rissen ihm die weiße Haube vom Kopf. Zum Vorschein kam ein vollkommen kahler Schädel von weißlicher Farbe. Kein

Sonnenstrahl schien jemals diesen eisigen Kopf erwärmt zu haben, kein Härchen sproß aus der glatten Haut, ein blanker, farbloser Knochenkopf, rosablaue Adern schimmerten an den Schläfen, am Hinterhaupt ein tiefer, notdürftig zusammengenähter Spalt. Monströs wirkte dieser Glatzkopf auf dem dickbäuchigen Gewand, die verdrehten Ohren, die fehlenden Augenbrauen. Ohrfeigen hat er verdient, dachten einige, die daneben standen, mit Dreck bestreichen sollte man ihn, damit ihm Haare wachsen, oder mit Salz bestreuen, damit das kalte Weiß verschwindet. Ekel und Mißmut regten sich im Saal. Alle hatten sich herausgeputzt, wie es befohlen war, hatten ihre Gesichter verhüllt, ihre Körper versteckt, ihre Seelen getarnt, hatten Unsummen aufgewandt, um sich zu verschönern, und dieser Gnom zeigte frei Gesicht und blanken Schädel. »Aber ich trage doch eine Maske«, flüsterte es ängstlich aus dem Knochenkopf, »seht ihr sie nicht?« Der Richter stemmte die Fäuste auf den schwarzen Tisch und drückte sich hoch. Sein Kopf schnellte nach vorn, so daß die Spitze der Kapuze nach vorne wippte. Er schien außer sich. »Was fällt Ihm ein«, brüllte es aus der Kapuze, »Du Mißgeburt, Du blöder Tropf, Du toller Wicht, Du wagst es, mir zu widersprechen! Schweigen soll Er, das dumme Maul soll Er halten! Schaut ihn euch an«, wandte er sich unversehens an die Umstehenden, »was soll ich mit ihm machen?« – »Ich bin der Narr«, schrie da der kleine Mann auf, »versteht ihr nicht den Witz, ihr Flachköpfe. Immerzu trage ich eine Maske, Tag für Tag, Jahr für Jahr. Die fröhliche Miene, sie ist meine Larve, der Schabernack, die Possen und Scherze, das ist mein Kostüm. Heute aber seht ihr mein erstes, mein wahres Gesicht, ungeschminkt ist es, freiheraus und unverblümt. Ihr kennt es nicht, es ist mein Gesicht, aber für euch ist es die Maske.« An der schrillen, sich fast überschlagenden Stimme erkannten sie ihn sofort. Es war die Stimme, die sie haßten. Ohne Kostüm stand er da, ohne das schwarze Gesicht, das sie kannten, ohne die grüngelben Flecken am Leib, die Schellenkappe, das Szepter. Hielt er sie schon wieder zum Narren, um seiner fatalen Lage zu entkommen? »Schlagt ihn«, rief es auf einmal aus dem Publikum, »zahlt es ihm heim!« Freudige Zustimmung fand der Ruf, erneut hob das Gefeixe an, der Richter wies mit der Rechten zum Ausgang, die Gehilfen zerrten den kleinen Mann hoch und trieben ihn durch die Gasse. Und da prügelten sie schon auf ihn ein, mit geballten Fäusten, mit Stöcken oder der flachen Hand. Das ganze Jahr hatte er sie ungestraft necken dürfen, allerlei Späße und Streiche hatte er ihnen gespielt, und dafür sollte er jetzt büßen. Den Spott wollten sie ihn aus dem Leibe prügeln. Mancher schlug so kräftig zu, daß man fast um das Leben des Narren fürchten mußte. Der aber grunzte und blökte, lachte und schrie, indes er sich abduckte und die Arme schützend über den Kopf hielt. Nur wenige Meter hatte er noch bis zum Ende des Saals. Er blutete an Arm und Hinterkopf, an der Schulter war die Jacke eingerissen, doch die Wunden schmerzten ihn nicht. Erneut packten ihn die Gehilfen unter der Achsel und zerrten ihn hinaus. Draußen richtete er sich auf, zog sein blutbeflecktes Gewand zurecht, verneigte sich vor den Dienern und lief durch das Foyer dem Gartentor zu.

Er soll, so erzählte man später, zuhause die Tür hinter sich verschlossen und lange auf der Holzbank im Innenhof seines Hauses gesessen haben. Ernst habe er vor sich hingeblickt und geweint. Doch weinte er nicht wegen der Schläge; er weinte, weil er immer lachen mußte. Alle hatten das Recht, nicht zu lachen, wenn sie nicht wollten, der Fürst, der Richter, der Herold und die Damen, nur er hatte das Recht nicht. Alle durften sie ihr Gesicht zeigen, nur einmal im Jahr mußten sie sich verbergen. Er aber durfte sich niemals zeigen, nicht einmal in der verkehrten Zeit. Allein in seinem Heim durfte er weinen, dort, wo niemand war außer ihm selbst.

DAS ANTLITZ

Überall im Schloß hatte er die Spiegel aus den Wänden brechen lassen, auch im großen Saal, wo jeder, der sein Ebenbild erblickte, sich in einer unendlichen Bilderflucht vervielfältigt fand. Er wollte sich nicht sehen und von niemandem gesehen werden. Zu erkennen war von ihm, so hieß es, allenfalls ein verhüllter Körper, eingewickelte Hände, ein üppiges Gewand in großen, bunten Karos, ein Kopfschleier, eine weiße Maske, niemals das Gesicht. Wer einen Raum betreten wollte, mußte anklopfen und einige Minuten warten. Erst danach durfte er hineingehen, meist war das Zimmer leer. Mußte man jedoch annehmen, daß sich der Herr darin aufhielt, durfte man keinesfalls dorthin schauen, wo man ihn vermutete. Jeder Versuch, aus dem Augenwinkel einen Eindruck zu erhaschen, war gefährlich. Einige der Diener waren blind. Auch eine versehentliche Kopfwendung zog bittere Folgen nach sich. Niemand sollte in Versuchung geraten, sich von dem Herrn ein Bild zu machen.

Viele Gerüchte machten im Schloß die Runde. Einige besagten, der Herr würde niemals schlafen. Nichts entginge ihm. Da ihn keiner zu Gesicht bekäme, wüßte auch niemand, ob er seine Augen gerade geschlossen hielte oder aufmerksam umherspähte. Andere Stimmen behaupteten, der Blick des Herrn sei voller Glanz und Strahlkraft, so daß sein Gegenüber sofort mit Blindheit geschlagen werde. Ein Glorienschein sei über ihm ausgegossen, den sterbliche Augen unmöglich ertragen könnten. Unermeßlich sei er in seiner Güte und Fürsorge. Um niemanden seines Augenlichts zu berauben, habe er die Weisung erteilt, seine Anwesenheit zu meiden, ihm den Rücken zuzuwenden und, falls auch dies unvermeidlich sei, zumindest den Kopf zur Seite zu drehen. Keinesfalls solle jemand von seiner Herrlichkeit geblendet werden.

Einige Diener waren der Überzeugung, sein Gesicht sei schon von früh auf entstellt, sei es durch ein Feuer, in das er als Kind gefallen sei und das ihm Haupt und Haar versengt habe, sei es infolge einer unbekannten Krankheit, die seine Haut weiß gefärbt und mit zahllosen Knoten übersät habe. Die Augenlider hingen auf die schlaffen Wangen herab und Lippen und Kinn seien unförmig aufgeschwollen. Dritte wußten zu berichten, sein Antlitz habe eine seltsame Ähnlichkeit mit dem Gesicht eines alten Löwen: die abgeplattete Nase, stechende, kaltgelbe Augen, das riesige Maul, in dem spitze Reißzähne auf die Beute lauerten. Daher rühre auch der enorme Appetit auf Fleisch, die riesigen Portionen, die er ohne Besteck täglich vertilge. Die schnaubenden Geräusche, die manche während der großen Mahlzeit glaubten gehört zu haben, deuteten untrüglich auf seine Verwandtschaft mit den Bestien hin.

Wieder andere lehnten derlei Vermutungen kategorisch ab und gaben vor, sich allein an die Tatsachen halten zu wollen. Danach habe ihn noch nie jemand leibhaftig zu Gesicht bekommen, so daß der Verdacht nahe liege, er sei in Wirklichkeit nur ein Phantom, ein Hirngespinst, ein Schloßgespenst. Niemand habe ihn je berührt oder gar ein Wort mit ihm gewechselt, und der stumme Mummenschanz diene einzig dazu, die Untertanen in Furcht zu versetzen. Irgend jemand streife sich von Fall zu Fall eine karierte Decke, einen Schleier oder eine Maske über und tue so, als sei er der Herr über die anderen. Der gewaltige Verbrauch von frischem Fleisch erkläre sich einfach dadurch, daß die Meute im Zwinger und die Raubkatzen im nahen Zoo täglich gefüttert werden müßten. Man solle, so die Empfehlung, dem Blendtheater keinesfalls Glauben schenken und die Geschichten als das nehmen, was sie wirklich seien: Ausgeburten der Phantasie, geboren in den Schattenhöhlen des Gerüchts und den Kellern obskurer Geisterseher.

Im Schloß ohne Spiegel konnte niemand sein Angesicht begutachten. Keiner wußte, welche Augenfarbe er hatte, wie viele Fältchen Stirn und Wangen überzogen, wie Mund und Ohren geformt und ob Zähne oder Zunge verfärbt waren. Die Bewohner konnten zwar, sofern sie nicht blind waren, auf ihren Körper hinabsehen, ihn aber niemals als ganzen betrachten oder über die Schulter hinweg einen Blick auf die Rückseite erhaschen. Wer sein Antlitz mit den Fingerspitzen abtastete, erkannte zwar, ob seine Nase spitz oder krumm war und ob Narben, Beulen oder Warzen aus der Haut hervorwuchsen. Um die Haarfarbe zu prüfen, mußte man sich ein paar Haare ausreißen oder sich von einem Vertrauten schildern lassen, welche Strähnen schon ergraut waren. Die Bewohner konnten ihre Körper nur erfühlen oder sich gegenseitig mit den Fingerspitzen abtasten. Doch keiner hatte ein Ebenbild seiner selbst, weder die Blinden noch die Sehenden.

Da Spiegelbilder verboten waren, geriet auch die Kunst der Verschönerung in Vergessenheit. Es gab keine roten Lippen, keine sanft getönten Wangen, keinen blauen oder grünen Lidschatten, keine gefärbten Haare, keine retuschierte Haut, geschweige denn verschönerte Nasen oder strahlende Augen. Männer ließen sich von Barbieren rasieren, Frauen besuchten Visagisten, ohne den Erfolg der Behandlung selbst prüfen zu können. Die allermeisten Bewohner begegneten einander daher völlig ungeschminkt. Der Sehende wußte, wie der andere aussah, aber nicht, wer er selbst war. Die Blinden setzten ihr inneres Bild aus Geräuschen zusammen, dem wechselnden Timbre der Stimme, dem Gedächtnis ihrer Fingerspitzen.

Über die Jahre herrschte eine seltsam gedrückte Stimmung im Schloß. Niemand geriet mehr in Verzückung beim Anblick seiner Gestalt, niemand schnitt mehr eine Grimasse vor sich selbst, niemand registrierte die neuen Äderchen, Altersflecken und Blutschwämme. Manche ließen sich gehen, vernachlässigten die Hygiene und überdeckten die üblen Gerüche mit Wolken schweren Parfüms. Der Ganzheit seines

Leibes war sich keiner mehr sicher. Einzig der Herr hatte das Vorrecht unangefochtener Selbstgewißheit. Er allein durfte das Aussehen der anderen prüfen. Er soll sich sogar, so verlautete aus ungenannter Quelle, manchmal vor einem Blinden aufgepflanzt und ihm direkt in die toten Augenhöhlen gestarrt haben. Auch Sehende soll er gelegentlich derart angestiert haben, daß ihnen Angst und Bange wurde und sie sofort die Lider zusammenpreßten, bis die Tür hinter ihnen ins Schloß fiel und höhnisches Gelächter den Flur erfüllte.

Eines Tages klopfte ein Fremder an die Schloßpforte und bat um Einlaß. Jede Arbeit würde er übernehmen, auch die niedrigste, erklärte er dem Torwächter, für nichts sei er sich zu schade. Nur um Kost und Logis bitte er, Lohn und Lob seien ihm gleichgültig. Der Dienst für den Herrn sei ihm Anerkennung genug. Zwischen einer scharf geschnittenen Nase und einem unrasierten Stoppelkinn hing ein heller Schnurrbart über die Mundwinkel, der ihn älter aussehen ließ, als er vermutlich war. Der Dienstherr fragte nach seiner Herkunft und stellte ihn nach eindringlichen Bitten schließlich auf Probe ein. Zuerst half er in der Küche aus, nach ein paar Wochen betraute man ihn mit einfachen Schreibaufgaben und Botengängen. Hierzu erhielt er im ganzen Gebäude freien Zutritt. Unauffällig erledigte er seine Aufgaben, nie verspätete er sich, nie fügte er einer Botschaft ein eigenes Wort hinzu. Da er ständig unterwegs war, erfuhr er manche Einzelheit über die Zustände im Schloß. Die Sehenden berichteten ihm, was sie gesehen hatten, die Blinden, was sie gehört hatten. Eifrig nahm er die Hinweise auf und vergaß sie nie wieder. Die Briefe, die er zu überbringen hatte, kannte er auswendig. Es dauerte nicht lange, und er hielt sich für den am besten unterrichteten Diener im Schloß. Keine Mitteilung, keine Vertraulichkeit schien ihm zu entgehen. Man schätzte seine Zuverlässigkeit, Verschwiegenheit und Freundlichkeit. Schon nach wenigen Wochen hatte er sich den Schnurrbart abrasieren lassen, vor Dienstbeginn suchte er jeden Morgen den Barbier auf, um die Neuigkeiten des Vortages zu erfahren. Im Gegensatz zu den anderen Dienern legte er Wert auf seine äußere Erscheinung. Regelmäßig strich er sein sauberes Hemd glatt, überprüfte stündlich den Sitz der Manschetten, wechselte jeden Morgen Wäsche und Tücher und fiel mit dieser erfreulichen Erscheinung schon von weitem auf. Einige munkelten, er habe seinerzeit einen kleinen Handspiegel ins Schloß geschmuggelt, den er hervorziehe, wenn er sich unbeobachtet fühle. Gesehen hatte ihn dabei noch niemand, und der Torwächter versicherte bei seiner Ehre, er habe den Fremden damals ebenso gründlich visitiert wie jeden anderen Besucher, ja, er habe ihn, da dieser um eine Arbeit nachgesucht habe, mit besonderer Gründlichkeit durchsucht und sich alles zeigen lassen, was jener in den Taschen trug.

Auf den Dienstgängen grüßte der Bote freundlich, ungeachtet der Stellung, die jemand inne hatte. Vor Höhergestellten neigte er Kopf oder Rumpf, bei Gleichgestellten lächelte er vielsagend, als kennte man einander seit Jahren. Auch bei Untergebenen war er sich nicht zu schade, seinen Respekt kundzutun. Penibel registrierte er, wie sein Gegenüber aussah. Blinden half er mit deutlichen Geräuschen, um seine Anwesenheit anzukündigen. Er räusperte sich so vernehmlich, daß sie ihn bemerkten, ohne sich durch überdeutliche Zeichen gedemütigt oder mißachtet fühlen zu müssen. Meist redete er nur, um sein Gegenüber zum Reden zu bringen. Nie hörte man, er habe eine Nachricht, die man ihm anvertraut habe, ungefragt weitererzählt. An Klatsch und übler Nachrede beteiligte er sich nicht. Obwohl er keineswegs eine Vertrauensstellung bekleidete und von Amts wegen nur unbedeutende Nachrichten zu überbringen hatte, stand er allseitig im Ruf höchster Diskretion. So erfuhr er manch kleines Geheimnis, das niemanden interessierte, und war frühzeitig unterrichtet von Vermutungen über anstehende Veränderungen. Den Herrn jedoch hatte er in all den Monaten nie zu Gesicht bekommen. Von allen, so glaubte er, kenne er Gesicht und Geheimnis. Der Herr aber bliebe ihm die Achtung schuldig, die ihm gebührte. So beliebt er unter den Bediensteten war, die Mißachtung des Herrn schmerzte ihn zutiefst. So viel er von den anderen zu wissen glaubte, über ihn wußte er nur, was sie ihm erzählt hatten. Er aber wollte von dem Herrn selbst bemerkt und gesehen werden, von Angesicht zu Angesicht. Stolz war er auf seine Verdienste, aber den wahren Lohn vermißte er.

Eines Tages beschloß er, die Unzufriedenheit im Schloß auszunutzen. Die Blinden hatten es nie verwunden, ihr Augenlicht verloren zu haben. Und die Sehenden hatten ihr farbloses Leben seit langem satt. Oft hatte er die Forderung gehört, der Herr solle endlich all den Gerüchten entgegentreten und sein wahres Gesicht zeigen. Die Diener wollten wieder in den Spiegel sehen können und nicht auf die Beteuerungen anderer angewiesen sein. Die Erinnerung an buntere Zeiten, als jeder noch die äußeren Werte geachtet hatte, war noch nicht vollständig verblaßt. Da ersann der getreue Bote eine List. Wo es sich ergab, fragte er im Flüsterton, wann sein Gegenüber den Schloßherrn wohl zum letzten Mal gesehen habe oder ob er auch schon gehört habe, daß jener schwer erkrankt oder vielleicht sogar gestorben sei. Wäre dies der Fall, so fügte er hinzu, sei der gewohnte Diensteifer, der zu Recht im Hause herrsche, eigentlich sinnlos. Warum solle man einem Toten zu Dienste sein? Recht und billig wäre es daher, wenn sich der Herr seinen Getreuen einmal zeigen würde, andernfalls könnte man die Überreste der alten Spiegel, die vermutlich noch immer in den Katakomben aufbewahrt würden, wieder an den Wänden befestigen und jeder wisse daraufhin wieder selbst, wer er eigentlich sei.

Dem Herrn kam das Gerede im Schloß bald zu Ohren. Geheime Quellen trugen ihm zu, was gesagt und gehört wurde. Auch der Aufstieg des Fremden zum Liebling der Dienerschaft war ihm keineswegs entgangen. Er wußte von den Kräften des Unmuts aus alten Erzählungen. Eine Zeitlang vermag die Macht, so erinnerte er sich, den Groll niederzuhalten, ihm Auswege zu öffnen oder ihn durch Wohltaten zu besänftigen. Doch genügt manchmal eine falsche Geste, eine unbedachte Hartherzigkeit, und der Mißmut schlägt in Aufruhr um. So weit wollte er es keinesfalls kommen lassen. Schweren Herzens entschloß er sich daher, sich dem Volke im Schloß zu zeigen. Doch wollte er den aufmüpfigen Untertanen zugleich eine Lektion erteilen, die sie nie vergessen würden. So beauftragte er seine Vertrauten, darunter auch einige Blinde, aus dem Keller die großen alten Spiegel zu holen, sie blitzblank zu säubern und sich für den Tag der Erscheinung bereit zu halten. Als das Wetter eines Mittags aufklarte, befahl er allen Dienern und Besuchern, sich vor dem Balkon zu versammeln, damit er sich ihnen zeigen könne. Binnen zehn Minuten war der Schloßplatz voller Menschen. Seinen Getreuen indes hieß er, daß jeder einen der großen Spiegel zur Hand nehme und daß sie sich auf dem Dach und der Empore einander gegenüberstellten wie damals in dem großen Spiegelsaal. Jedem Blinden gab er einen Sehenden zu Seite, damit sich die Einfallswinkel der Spiegelflächen genau entsprachen. Als nun die Sonne hinter einer Wolke hervorkam und ihr Licht über die Köpfe der Menge zum Balkon wanderte, da öffnete sich die Tür und der Herr trat in goldener Maske ins Freie. Weit hob er die Arme, und da strahlte der Sonnenglanz aus allen Spiegeln zurück auf die Wartenden ringsum. In derart grelles Licht war der Platz getaucht, daß die Menschen erschreckt ihre Köpfe senkten, sich die Hände vors Gesicht schlugen oder die Augen zusammenkniffen, so daß sie nichts mehr sehen konnten. Einige sollen sich sogar vornüber zu

Boden geworfen haben. Im nahen Gehege brüllten die Löwen, und es heulten die Wölfe. Hochgemut blickte der Herr auf seine Untertanen hinab. Dann wandte er sich um, trat ins Zimmer zurück und schloß die Tür. Niemand hatte sein Gesicht gesehen. Der Fremde jedoch, der so lange als treuer Bote gedient hatte, packte eilends sein Bündel und verschwand noch am selben Tag aus der Gegend.

DAS DENKMAL

Er kriecht auf allen Vieren, leckt sich die Lippen, blickt gierig umher, nach einem Stück Speck, einem Fasan, der Keule eines Rinds. Noch immer glaubt er, ein Löwe zu sein, aber am Stadttor wollten sie ihn nicht mehr dulden. Als er sich vor der Säule niederließ, scheuchten sie ihn mit Stöcken auf und jagten ihn zu den Tieren des Feldes. Gras frißt er seitdem, Wurzeln, Käfer und Mäuse. Sein goldenes Haar wuchs groß wie die Federn eines Greifs, und seine Nägel formten sich zu Vogelklauen. Wie ein Fell überziehen die Haarsträhnen Rücken und Schenkel; sie bewahren ihn vor Nässe und Kälte. Aus dem Mund fließt der Speichel, in dem hageren Gesicht springen Kinn und Jochbein hervor. So oft er den Blick zum Himmel hebt, er findet keinen Fingerzeig. Seine Muskeln bersten vor Kraft, aber die Augen blicken voller Entsetzen. Von Sinnen scheint er zu sein, seit er die Macht verloren hat. Sucht ihn noch immer der Schmerz der Verwandlung heim, dieses viehische Reißen, als es ihm die Gliedmaßen in die Länge streckte?

Den Thron stürzten sie um, als sie in den Saal eindrangen. Den Ornat rissen sie ihm vom Leib und von den Ohren raubten sie ihm die langen Perlen; dann peitschten sie ihn aus dem Palast wie einen räudigen Hund. Nun ist er allein. Kein Diener umsorgt ihn, kein Narr erheitert ihn, die Töchter lassen sich verleugnen. Alle haben sich losgesagt, die alten Weggefährten, die Leibgardisten und Gespielinnen. Die Schmach verzerrt ihm das Gesicht. Viele Leiden vermag das Herz zu überwinden, sobald sich zur Qual Getreue finden. Geteilter Schmerz erscheint leicht und minder scharf. Nichts jedoch beugt tiefer als Selbstmitleid in Einsamkeit.

Die Gesellschaft des Hofs war ein Treffpunkt der Günstlinge und Emporkömmlinge. Alle hatten sich dort versammelt, die sich im Glanze seiner Herrschaft sonnen wollten. Sie liebten den Prunk der Feste, die Gunst seiner Geschenke, die Freigebigkeit seines Blicks. Zugleich aber fürchteten sie seine Launen. Unversehens konnte seine Zuneigung in Gebrüll, sein Zorn in gnädiges Schmunzeln umschlagen. Wem es an Demut fehlte, der wurde vor das erzene Standbild geführt, so daß er sogleich auf die Knie sank und um Gnade winselte. Huldvoll gewährte er daraufhin dem Übeltäter die Freiheit und hieß ihn, das Land zu verlassen. Weigerte sich jemand, das ihm anvertraute Feld zu bestellen, oder versäumte er gar die geforderte Abgabe, so lud er ihn zur üppig gedeckten Tafel und befahl ihm, so viel zu essen, wie ihn gelüstete. Dem armen Teufel gingen die Augen über ob des Überflusses an Leckerbissen: Pasteten aus Käse, Trüffel und Majoran, Spanferkel und Karpfen, süße Pfannkuchen, Torten und Gebäck. Hatte er sich den Bauch gefüllt, schickte ihn der Herr zurück, nicht ohne ihm zu versichern, daß er für den

Rest seines Lebens nun genug Zuckerwerk genascht hätte. Die Peitsche würde hinfort so streng und bitter sein wie der Honig süß. Angst und Ehrfurcht, Gier und Eifersucht waren die Säulen seiner Macht. Er glaubte, daß die Untertanen ihn mehr fürchteten als haßten. Die alte Lektion hatte er wohl bedacht. Angst hält auf Abstand oder treibt in die Flucht, Haß indes sinnt auf Rache und sucht die Gelegenheit zum Angriff.

Weil Diener und Berater immer gegenwärtig waren, entging ihm, wie allein er war. Er sehnte sich nach Liebe, doch die Menschen brachten ihm nur Groll und Willfährigkeit entgegen. Seine Gattin hatte er aus Gründen der Vernunft geheiratet, und über die Jahre waren sie sich keinen Zoll näher gekommen. Die Töchter hatten sie nur gezeugt, damit die Sippe nicht ausstarb. Die Favoritinnen wechselten wöchentlich, kaum eine hatte er je eines persönlichen Wortes gewürdigt. Nicht einmal seine engsten Vertrauten, die jede Minute um ihn waren, kamen ihm nahe. Sie wuschen seinen Körper, rieben ihm die Gelenke, parfümierten ihm die Achseln, frisierten ihm den Bart und servierten ihm die Mahlzeiten. Doch beschränkten sich die Dienste stets auf das Notwendige, es fiel kein überflüssiges Wort, keine Berührung ließ es an der gebotenen Achtung fehlen. Auch er hatte die Form zu wahren. Obwohl nackt, durfte er sich nie eine Blöße geben. Obgleich von Vertrauten umstellt, durfte er niemals vertraulich werden. Er haßte dieses Zeremoniell, diesen Käfig der Macht. Den Dienern bot er zwar Lohn und Brot, ihm aber raubte er die Freiheit und die Liebe.

Wenn er nachts nicht schlafen konnte, sprang er aus dem Bett und brüllte in seinem Palast sinnlose Befehle, damit jemand ihn erkannte.

Als seine Gesandten von der Unterwerfung der Feinde berichteten, ließ er im Überschwang des Sieges ein Standbild seiner selbst errichten, zwanzig Meter hoch, gefertigt aus Eisen, Bronze und Gold, geschmückt mit Juwelen, kostbaren Hölzern, dichten Seidenbändern und Bruchteilen von Knochen. Seine Heimstatt sollte dieses Denkmal sein. Götter wohnen da, wo ihre Abbilder sind, dachte er. Sieben blauschwarze Steine, die von einem gelben Rand eingefaßt waren, funkelten düster auf der Stirn wie die Augen des Todes. Die gebogene Nase erinnerte an die alten Götter. Mit wohlriechenden Essenzen wurde der königliche Koloß bestrichen, an wärmeren Tagen rannen die Salben wie Schweiß über den metallischen Leib. Helles Tageslicht schien den Giganten zu beleben, unmerklich bewegte er die weit aufgespannten Arme und öffnete den Schlund mit den roten Zähnen. Auf eine riesige Platte aus schwarzem Granit stützte er seine Füße, und zwischen den Beinen lagen hohe Stapel Holz. In seinem Bauch brannte das ewige Feuer. Auf Leitern kletterten die Heizer hoch und warfen Holzscheite in das offene Fach. Vor diesen Feuerleib ließ er die Übeltäter führen, die Apostaten, Dissidenten und Abtrünnigen des Geistes, die falschen Propheten, die Neinsager und Verächter der Macht. Das Fach war tief genug, drei Körper gleichzeitig aufzunehmen, doch angeblich ist es nie dazu gekommen. Zwar verschwanden ab und zu treulose Gefolgsleute, woraufhin böse Zungen behaupteten, der Fürst habe sie ohne weitere Anhörung in seinen Feuerleib werfen lassen. Andere Gerüchte besagten, er habe ihnen die Haare anzünden lassen, um ihre Seelen zu quälen, und ihre Körper sodann zwischen erhitzte Bronzeplatten gepreßt, um ihnen das Fleisch zu schmoren. Doch hörte man auch, die Verschollenen seien wohlauf jenseits der Grenzen gesehen worden, in jenen abgelegenen Ödländern, wohin sich nur selten eine Patrouille verirrte.

Auch in der großen Stadt mit den schwarzen Dächern fanden, so hieß es, Flüchtige einen Unterschlupf. Der Fürst hatte die Stadt unweit des Palastes anlegen lassen, und sie hatte sich in kürzester Zeit zum prachtvollen Mittelpunkt des Reiches entwickelt. Unzählige Amtsleute, Händler und Gelehrte, Quacksalber, Spieler und Spaßmacher kamen dort zusammen, aber auch viele Bauern aus den Nachbarprovinzen und Fremde aus fernen Ländern. In den Außenbezirken wuchsen rasch die unüberschaubaren Viertel der Habenichtse heran. Sie hausten dort in Erdlöchern, unter Stoffplanen oder in Hütten aus Brettern, Lehm oder Schilfrohr. In diesen Quartieren war das Leben kurz und armselig. Angst und Wut gärten dort. Viele, die in Ungnade gefallen oder des Landes verwiesen worden waren, fanden in den dunklen Nischen Bleibe und Unterkunft. Wurde das gemeine Volk vor das finstere Denkmal gerufen, verbargen sich die Verbannten in den Verschlägen oder Katakomben. In den Elendswinkeln sprachen sie sich Mut zu, sannen auf Gerechtigkeit, schmiedeten Anschlagspläne, die nie in die Tat umgesetzt wurden. Die Akten in den Behörden und Archiven wollten sie verbrennen, die Hofdiener niederstechen, den Fürsten ins Feuer werfen. Doch niemand wagte es, eines der Vorhaben jemals zu verwirklichen. Endlos stritten sie über den rechten Weg, verfaßten Denkschriften und Manifeste, wendeten jedes Wort hin und her und vergaßen über all der subversiven Geschäftigkeit ihre Ohnmacht.

In der warmen Sonne des Vormittags reckt er sich, dehnt die Glieder und scharrt mit den Krallen im Geröll. Der Geruch von verbranntem Fleisch dringt ihm in die Nase, doch er findet nichts Eßbares, keine Blätter, nicht einmal verdorrte Blüten oder zerbrochene Affenknochen. Gestammel dringt ihm aus dem Mund, er saugt an den Fingerknöcheln, gräbt die Zähne in die ausgetrocknete Haut. Seit zwei Tagen hat er keinen Tropfen Wasser mehr getrunken. Um sich über den Durst hinwegzutäuschen, lutscht er an einem Kieselstein, den er aus dem nahen Bachbett ausgegraben hat. Einen Strick, um sich den Leib einzuschnüren, hat er nicht.

Auf einmal bewegt es sich um ihn herum, Tiere krabbeln und kriechen umher, laufen, springen, fliegen, ein Durcheinander von Krallen, Beinen, dürren Körpern, Schlangen mit blauen Tatzen, geflügelten Hyänen, Fischen mit Greifschnäbeln, Gazellen mit silbernen Schuppen. Vom Horizont scheinen Krokodile heranzuschweben, mit durchsichtiger Haut, so daß ihr pumpendes Herz und das grünliche Wasser in den Eingeweiden zu erkennen sind. Flußpferde mit tumb glotzenden Augen torkeln die Dünen herab und stürmen geradewegs auf ihn zu. Strauße hacken mit spitzen Schnäbeln auf ihn ein, und an seinen Pranken tummeln sich Termiten, rote Spinnen, schwarzglänzende Käfer, so winzig, daß sie überall zu spüren, aber nirgendwo zu sehen sind. Auf der Haut, unter dem pelzigen Haarfell beginnt es zu brennen, als schlügen sich abertausende Zähne und Zangen ins Fleisch, spitze Stacheln und messerscharfe Scheren. Als er die Augen öffnet, verfliegt das Brennen sofort. Der mächtige Baumstumpf wirft seinen Schatten über ihn und läßt Kühle aus der schorfigen Rinde hervorströmen. Alle Äste haben die Rebellen abgehauen, alle Früchte verdorben und alle Vögel verjagt, die von dem Baum gelebt hatten. Nur den Stumpf über den Wurzeln ließen sie stehen, meterhoch ragt er empor und gewährt in der Mittagssonne kühle Rast.

Wenig erfahren hatte er von der Unruhe in seinem Reich. Er hatte seine Macht genossen und sich den Tagträumen hingegeben. Düstere Gedanken hatten ihn manchmal überkommen, über sein Schicksal, den Lauf der Welt, über seine Geburt. Schreiend sei er in die Welt gekommen, so dachte er, der Atem erstickte fast in Tränen. Geheul und Gewinsel seien die ersten Laute der Kreatur. Haben nicht alle Menschen den gleichen Zugang zum Leben – und den gleichen Abgang? Danach wird es sein, als sei er nie gewesen. Trotz der Standbilder, Grabmäler und Denkstätten wird er vergessen sein. Das Lebensglück – ein Zwischenfall für Sekunden, die Hoffnung – eine Narretei. Besser wäre es, nicht zu leben. Aber er lebt, sich selbst zur Kränkung, den Feinden zum Spott, der Welt zur Last. Ein großes Reich wurde ihm versprochen, tief verwurzelt in der Erde wie der Baum, der allen Tieren Schatten spendete. Geborgenheit und Gerechtigkeit hatte er im Sinn, Gemeinschaft und Geselligkeit. Doch schon vor dem Sturz war es nichts als Einsamkeit.

Mit gewaltigem Getöse war das eherne Standbild zusammengestürzt. Seile und Trosse hatten die Heizer an Haupt und Händen befestigt, um Hüfte und Brust legten sie Eisenketten, um in den Ösen die Haken für weitere Stricke einzuhängen. Das Feuerfach hatten sie zuvor geleert. In der Asche fanden sich verkohlte Knochensplitter. Dutzende kräftige Männer zogen an den schweren Tauen. Doch so sehr die Männer rissen und zerrten, der Koloß bewegte sich keinen Millimeter. Selbst mit vereinten Kräften vermochten sie das Machtbild nicht umzustürzen. Dann wurden die Mannschaften verdoppelt, man rief weitere Hilfskräfte herbei, am Ende der Seile zogen auch Kinder und Greise. Jeder Muskel zählte. Frauen feuerten die Männer an, verlachten sie ob ihrer Schwäche, reichten ihnen den Krafttrunk, lockten sie mit ihren Reizen. Immer mehr Menschen liefen zu dem großen Platz. Sie wollten dabei sein, wenn der Fürst in den Staub fiel. Doch erst als man das Fundament der Steinplatte aufzuhebeln begann, wankte der Gigant. Schließlich gelang es den Helfern, das Werk zu vollenden. Der Jubel war unermeßlich. Die alte Angst war verflogen.

So weit das Auge reicht nichts als Geröll, Sand und Staub. Die Sonne hat das Gras versengt, überall ist die Erde voller Risse und Spalten. Die kleinen Krater rühren noch von den alten Einschlägen her. Reglos starrt er in die Ferne. Das zitternde Licht läßt die Tiefe des Himmels zurückweichen. Unermeßlich dehnt sich die Ebene, die Bodenwellen fließen bis zum Horizont. Er sucht nach einem Strauch, einem Baum in der Einöde, nach einer Wolke in der Leere, nach einer Verfärbung des Himmels, die das Ende der Hitze ankündigen könnte. Doch wohin er blickt, er ist allein. Vielmals wiederholt er dasselbe Wort. Er fühlt keinen Schmerz mehr. Der Wind bläst von der Ebene her, treibt Dornengeäst vor sich her, das er zu Kugeln geformt hat. Auf einmal werfen große Flügel Schatten über ihn. Er schließt die Augen, um sie nicht sehen zu müssen. Ein tiefes Krächzen schreckt ihn auf, als er sich aufzurichten versucht. Er bohrt seine Krallen in die Furchen der Baumrinde, aber die Hände sind schon schwarz. Schnelle, leise Tritte glaubt er zu hören, auf beiden Seiten tauchen spitze Schnauzen auf, hoch aufgestellte Ohren, rötliche Augen. Er lehnt sich mit dem Rücken an den sicheren Baumstumpf und lacht hinaus in die Leere.

DER KOFFER

Als er die Treppe hinabstieg, hatte er das Gefühl, sofort etwas unternehmen zu müssen. Er ging in die Eckkneipe zwei Straßen weiter, bat um ein Telefon und wählte die Nummer für den Notfall: »Ich möchte Felix sprechen.« – »Der ist nicht da, wer sind Sie?« Er war überrascht über die unbekannte Stimme. »Alexander, es ist dringend.« – »Moment, warten Sie!« In der Ecke saß ein junges Pärchen, am Fenster ein älterer Mann, neben ihm lag eine Aktentasche und ein dunkelblauer Wollschal. Er preßte den Hörer fester ans Ohr. »Hallo hier Felix, was gibt's?« – »Gut, daß Sie da sind«, er spürte, wie sich der Druck auf der Brust löste, »wir müssen uns treffen, der Bericht dauert zu lange.« Er schnaubte, seine Stimme flackerte. »Nun beruhigen Sie sich«, klang es am anderen Ende. Er hatte diesen väterlichen Tonfall vermißt. Es war, als würde ihm eine Hand auf die Schulter gelegt. »Nicht am Telefon, können wir uns in der Wohnung treffen?« – »Die ist belegt, das geht nicht«, Felix schien zu überlegen, »gut, sagen wir fünfzehn Uhr, im Museum, Abteilung Zentralafrika, das ist in zwei Stunden, an den Saal erinnern Sie sich?« –»Jaja, fünfzehn Uhr«, er legte auf, mit jedem Atemstoß strömte die Anspannung aus ihm heraus. Er bestellte noch einen Kaffee, leerte hastig die Tasse und zahlte. Was sollte er in den nächsten beiden Stunden tun? Das Museum lag am südlichen Stadtrand, die Fahrt dauerte rund eine halbe Stunde, dann noch ein paar Minuten zu Fuß, die Pappelallee entlang. Also blieb ihm noch Zeit, um zu überdenken, was vorgefallen war. Vielleicht war er zu ängstlich. Er fürchtete die Peinlichkeit, aber noch mehr fürchtete er, einen Fehler zu machen. Lieber dumm als schuldig dastehen, sagte er sich, Schuld durch Zögerlichkeit, durch verspätete Meldung; immerhin erspart das Treffen die Nachtarbeit mit der endlosen Schreiberei.

Er schlenderte die Straße entlang, weiter, als er geplant hatte. Gehen beruhigt, redete er sich ein, ich muß wieder einen klaren Kopf bekommen, es ist kein Fehlalarm, Klarheit im Kopf! Wie ein Hilferuf muß das Telefonat gewirkt haben. Nur für den Notfall ist das Telefon vorgesehen; doch wer entscheidet, was ein Notfall ist? Wie soll ich das wissen; ich weiß immer nur, was ich gesehen habe, nicht mehr und nicht weniger. Ich allein war heute früh vor Ort, nicht sie; was wissen sie schon? Sie wissen nur, was ich berichte, aber sie tun immer so, als wüßten sie alles, jedenfalls wissen sie immer alles besser. Felix ist schwer zu durchschauen, ein undurchsichtiger Charakter, ist er zufrieden mit meinen Berichten? Bemängelt hat er bisher wenig. Immerhin ist er da, wenn man ihn braucht. Das letzte Treffen war kurz, ein paar Minuten, vor vier Monaten. Aber auf mein Gedächtnis für Gesichter kann ich mich verlassen: die breite, fleischige Nase, die Nase des Riechers, er hat immer den richtigen Riecher, die furchengekerbte Stirn, die kalten, grauen Augen, eine Schnüfflernase, aber weiche Lippen, ungewöhnlich für einen Mann in den Fünfzigern, korpulente Figur, Fett sammelt sich zuerst am Bauch, wulstige Finger, er trinkt zuviel, Nase und Wangen immer leicht gerötet, Hochdruck vermutlich. Der Mann muß immer wach sein, stets den richtigen Riecher haben, manchmal lächelt er etwas versonnen, er sieht nicht aus wie ein Schreibtischmensch. Die Lippen passen nicht in das Gesicht, auch die Stimme nicht. Vertrauen strahlt die Stimme aus, Verständnis, Wärme. Immer diese gutmütige, biedere Miene, es ist ein aufgesetztes Gesicht, der Beruf verlangt es. Informanten auftun, anwerben, führen, Leute kaufen und verkaufen, umdrehen und nochmals umdrehen, das geht nicht ohne Biedermiene, nicht ohne diese moralische Gleichgültigkeit, die jeder hat, der davon lebt, mit allem zu rechnen. Aber Felix hat ein offenes Ohr, schließlich muß er alles hören. Die kalten Augen und die warme Stimme, woran soll man sich halten? Scharfe Augen braucht man in dem Metier. Aber man kann sich an nichts halten.

An der übernächsten Kreuzung stieg er ein. Der Wagen war fast leer, aus Gewohnheit sah er sich um, drei Halbstarke in Lederjacken alberten herum, eine Frau im dunkelgrünen Mantel, zwei Mädchen mit Schultaschen. Alles unauffällig, eine Berufskrankheit, immer auf der Hut sein, dachte er, keine falsche Bemerkung, keine falsche Geste, alles beobachten und sich Stichworte einprägen, als Erinnerungsanker. Über jeden Schritt, jedes Wort wollen sie unterrichtet sein. Sie haben mich in die Gruppe geschleust, für Felix sammele ich die Neuigkeiten, die Auffälligkeiten, belanglose Einzelheiten meistens, und für ihn verfasse ich abends die Berichte, Seite um Seite, viele Seiten, unendlich viele Seiten. Was geschieht damit? Werden sie wirklich gelesen oder landen sie gleich im Archiv oder im Papierkorb?

Alles solle er festhalten, hatte Felix ihm eingeschärft, er müsse sein Gedächtnis förmlich auspressen, wie man einen nassen Lappen auswringt. Alles sei wichtig, jeder Hinweis. Zu einem wahren Erinnerungskünstler haben sie ihn abgerichtet. So lange solle er schreiben, bis das Hirn leer, bis es trocken sei. Auch wenn er glaube, alles notiert zu haben, solle er kurz vor die Tür gehen und anschließend weitermachen. Nachträglich stellen sich immer noch Erinnerungen ein, auch wenn man glaubt, schon am Ende angelangt zu sein. Bis zur Erschöpfung solle er schreiben, alles nochmals durchgehen: die Kleidung, die Worte, Redewendungen, irgendwo ein Muttermal, auf der Wange, an der Stirn, am Arm, eine andere Frisur, eine andere Brille oder Handtasche, auffällige Gesten, Lippenstift, Parfüm? Was erzählt die Person aus ihrem Privatleben, von Freunden, Bekannten, Kollegen? Vollständige Ausforschung ist der Auftrag. Er kennt die Liste der Fragen auswendig, nach so vielen Jahren weiß er, worauf er zu achten hat. Er ist kein Anfänger mehr. Felix war immer zufrieden, schließlich habe ich immer alles gewissenhaft aufgeschrieben.

Über die Jahre ist ihm die Gruppe vertraut geworden, einzelne sind ihm fast ans Herz gewachsen. Im Grunde haben sie keine Ahnung von Konspiration, dachte er, als er die Häuserzeilen entlang fuhr, sie treffen sich zuhause, am Küchentisch, im Wohnzimmer, sie reden, debattieren, unterhalten sich über ihre Kinder, den Ärger in der Schule oder in der Firma, sie spielen Musik, lesen sich Gedichte oder irgendwelche Aufrufe vor, ein Freundeskreis von Gleichgesinnten. Staatstreu sind sie nicht, und die Verfassung halten sie lediglich für ein Stück Papier, was ja nicht falsch ist. Etwas naiv sind sie schon, sie schützen sich nur durch Vertrauen. Ein altes Mitglied muß für den Neuling bürgen, das ist alles – lächerlich. Natürlich rechnen sie damit, beobachtet zu werden, keiner telefoniert von seinem Haustelefon aus, wenn sie eine Aktion absprechen. Sie schrauben auch mal die Lichtschalter ab oder betasten die Wand nach dünnen Kabeln, es ist lachhaft, sie wissen nichts von Richtmikrophonen, Mikrokameras, verdeckter Überwachung, geschweige denn von persönlicher Tarnung. Sie reißen ihre Witze über die Polizei, über die Denunzianten in der Nachbarschaft, über die Blödheit der Spitzel, aber insgeheim fürchten sie sich. Daß ich von Anfang an jedes verdächtige Ereignis gemeldet habe, ahnen sie nicht. Nie geriet ich in Gefahr aufzufliegen. Es sind ganz arglose, respektable, ja sympathische Leute, sie träumen von einer anderen Welt, ab und zu tragen sie Plakate herum oder verteilen Flugzettel, gut gemeint, aber ungefährlich, harmlos eigentlich. Es ist unwahrscheinlich, daß einer irgendwo eine Waffe versteckt hat. Richtig ernst nehmen, kann man das alles nicht. Alles nur grober Unfug, Verstöße gegen die öffentliche Ordnung, Narrenpossen, mehr nicht. Monatelang haben sie nur herumgesessen und geredet. Ich frage mich, zu welchem Zweck ich überhaupt diese Berichte abgefaßt habe. Aber darüber sollte ich mir keine Gedanken machen, zumindest nicht mehr als nötig. Ich soll ja nur helfen, die Ordnung zu wahren, nicht sie zu verbessern oder auch nur zu beurteilen.

Mit einigen könnte man sogar befreundet sein, wenn man sie nicht beobachten müßte. Freundschaft vorzuspielen, ist jedenfalls unerläßlich; die Legende wahren und trotzdem Privates erzählen, das ist das Kunststück. Privates schafft Vertrauen, zumal bei Leuten, die an das Gute glauben wollen. Nur zwei sind etwas robuster, Dieter und Leopold, beide waren schon einmal ein paar Monate hinter Gittern, verschärftes Verhör, Dunkelzelle, sie haben nichts zugegeben, man ließ sie wieder frei, umdrehen konnte man sie nicht, jedenfalls habe ich davon keine Kenntnis. Oder bin ich es, der mittlerweile beobachtet wird, ich könnte ja die Seiten gewechselt haben und fortwährend falsche Meldungen verfassen. Vielleicht haben sie einen umgedreht, einem Zuträger allein ist nie trauen. Ist Dieter wirklich so radikal wie er tut oder spielt er nur den Überzeugungstäter? Wie doppelzüngig ist er? Wer ist überhaupt der Verräter? Letztlich kann man niemandem in den Kopf hineinsehen. Niemand kann irgend jemandem glauben, aber es muß ja auch nicht jeder alles wissen.

Als Veteran in der Szene kann man sich unmöglich aufs Beobachten beschränken. Loyalität verlangt Aktivität. Mitmachen, aber nicht vordrängen, lautet die Einsatzregel, nicht auffallen durch Vorpreschen oder Bremsen, einfach unauffällig mitmachen, beim Drucken, Schreiben, Debattieren. Auch keine Gerüchte oder Verleumdungen streuen, nichts verschleppen oder zerreden, keine Fallen. Als wir vor zwei Monaten zu dem Treffen in die Kreisstadt fuhren, waren im Kofferraum zwei Pappkartons mit Flugblättern deponiert. Zu fünft saß man in dem Kombi, die Stimmung war aufgekratzt; um sich aufzuwärmen, sang man zusammen Protestlieder und beratschlagte zwischendurch, wer von den anderen Gruppen zu gewinnen wäre. In der Brieftasche war ein Sender eingebaut, damit einer von Felix' Gehilfen, welche die Fahrt observierten, jeden Laut mithören konnte.

Kurz vor der Endstation war der Wagen leer. Bis zur Pappelallee blieb er allein. Auf dem Fußweg zum Museum trödelte er vor sich hin. Niemand folgte ihm, auch von Felix war weit und breit nichts zu sehen. Auf dem Parkplatz stand kein Fahrzeug mit silbernem Metalliclack. Er löste eine Tageskarte und stieg ins Obergeschoß hinauf. Der Besuch in dem alten Kolonialmuseum war spärlich: ein, zwei Pensionisten, ein junges Pärchen, das offenbar keinen besseren Treffpunkt gefunden hatte. Den Maskensaal auszusuchen, dachte er, das kann nur ein Mann mit Sinn für Ironie – Verrat unter Masken, unter stummen Tarngesichtern.

Der Saal war menschenleer. Es roch nach Parkettwachs und altem Staub. In der Mitte stand ein Sofa aus schwarzem Leder. Es wirkte wie ein Überbleibsel aus der Kolonialzeit. Dutzende Masken hingen an den Wänden, viele aus Holz oder Schildkrötenpanzer, mit Haaren und Bärten aus Bast, beunruhigende Gesichter waren es, mit tiefen Augenhöhlen, grotesk hervorspringenden Wangen, geschürzten Lippen. Zwei Meter vor der Wand stand auf einer Steinsäule eine mächtige Figur, die Hände energisch in die Hüfte gestemmt, die weißen Augen weit aufgerissen, aus dem Maul ragten spitze Zähne hervor. Unzählige Nägel, Klingen, Nadeln und Eisenkeile waren dem Körper ins Holz getrieben, festgenagelt hatte man ihn, um den Vertrag zu bekräftigen. Wer den Bund verriet, dem drohte das Messer im Fleisch. Er fühlte sich unwohl zwischen den fremden Gesichtern, er war allein, und doch schien es ihm, als beobachteten sie ihn, diese Fratzen mit den herausgestreckten Zungen, den schmalen Pupillen, den geifernden Rachen und spitzen Nasen. Er setzte sich auf das Sofa und betrachtete den genagelten Zauberer. Er schien zu klagen, trotz der entschlossenen Gebärde, um den Unterleib war ihm ein Seil geschlungen. Je länger er die Figur anblickte, desto unruhiger wurde er. Es kam ihm vor, als blähte sich ihr Leib auf, als krümmte sie sich vor Schmerz nach hinten. Als er den Kopf leicht nach links neigte, bemerkte er hinter der Figur eine Gesichtsmaske, die er bisher übersehen hatte: die vorgewölbte Stirn war in zwei Hälften geteilt, die eine schwarzbraun, die andere weiß. Von den Nasenflügeln über die Augenhöhlen bis zu den weißlichen Ohren zogen sich zwei okkergelbe Striche. Auch die Lippen waren weiß, ebenso die Augenpartie, kalt, weiß. »Was gibt es so Dringendes?«, zischte plötzlich eine Stimme hinter ihm. Er hatte gar nicht bemerkt, daß jemand den Saal betreten hatte. »Bitte kurz, Stenogramm, ich habe nicht viel Zeit!« Er wandte sich um, der dickliche Mann mit der Schnüfflernase setzte sich einen halben Meter neben ihn. »Irgend etwas geht vor sich«, begann er, »heute morgen herrschte extreme Anspannung bei unseren Freunden. Außer Leopold, Dieter und Christa war auch ein Gast da, ein Ausländer, der sich aber nur im Schlafzimmer aufhielt. Sie sagten, er sei ein Besucher aus Spanien, der sich von der Reise erholen müsse, im Flur stand ein Metallkoffer, kein übliches Modell, blau lackiert, aber an zwei Stellen war die Farbe abgeplatzt und darunter kam das alte Grün-Oliv hervor, ein alter Militärkoffer vermutlich, für optisches Gerät oder Spezialwaffen.« Er machte eine Pause und schluckte. Die Maske gegenüber kniff die weißen Augen zusammen, auf ihren Wangen flossen Freudentränen. Die Maske öffnete ihrem Träger die Augen für die andere, die weiße Welt, die Welt hinter den Dingen und darüber hinaus. Wer sie trug, konnte sehen, was seine Feinde ihm verbergen wollten. »Haben Sie den Besucher gesehen?«, fragte die warme Stimme. Er wünschte, er könnte diese Maske überziehen und zwischen den Welten hin und herreisen, zwischen Schwarz und Weiß, Nacht und Tag, zwischen den Toten und Lebenden, den Feinden und Freunden. »Nein, ich hörte nur Dieter hinter der angelehnten Tür energisch flüstern, er wolle diesen Koffer nicht in der Wohnung, auch nicht für die eine Nacht.« – »Das ist interessant«, murmelte Felix und stützte die Ellbogen auf die Knie. Er schien nachzudenken, mit dem Zeigefinger rieb er sich den Nasenrücken. »Ich tat so, als bemerkte ich den Koffer gar nicht. Aber als ich ging, war er verschwunden, vermutlich hatten sie ihn ins Schlafzimmer gestellt. Sie waren alle ungewöhnlich angespannt, kurz angebunden, vielleicht ein wenig mißtrauisch. Ich hatte jedenfalls den Eindruck zu stören, was sonst nie der Fall war. Vielleicht planen sie etwas, oder sie bieten dem Spanier Unterschlupf, ich weiß es nicht, aber irgend etwas stimmt nicht.« Felix zog die Brauen hoch und kniff die Augen zusammen: »Das war's?« – »Ja«, sagte er kleinlaut. Auf dem Korridor draußen näherten sich Schritte. Rasch sprang der dickliche Mann auf: »Bleiben Sie noch ein paar Minuten, und übermorgen gehen Sie wieder hin, wie immer!« Er nickte ihm zu und verließ zügig den Saal; auch die Schritte im Flur entfernten sich. Verdutzt über den raschen Aufbruch suchte er nochmals den Blick der weißen Augen. Geflochtene Haarsträhnen hingen von der Rückseite der Maske herab. Er rutschte auf dem Sofa hin und her. Die Augen des Verstehens blickten ihn ungerührt an.

Als er nach zwei Tagen wie üblich an der Wohnungstür klingelte, öffnete niemand. Mehrfach kehrte er in den nächsten Wochen zurück, doch seine Freunde blieben verschwunden.

SCHLECHTE TRÄUME

Sollte er ihn im Bad überraschen oder warten, bis er eingeschlafen war? Unter der Tür blitzte ein Lichtstreifen hervor. Er hörte die Spülung, den Wasserhahn, ein tiefes Gurgeln. Wenn sie sich alleine fühlen, geben sie sonderbare Geräusche von sich. Im Schlaf ist es sicherer. Er wird keine Zeit zur Gegenwehr haben, er wird gar nicht mehr aufwachen. Seine Rechte umklammerte die Waffe im Holster; die Handfläche fühlte sich feucht an, aber der kühle Griff beruhigte ihn. Der Dämpfer war bereits aufgeschraubt, die Patrone in der Kammer. Nur entsichern mußte er noch. Er konnte sich auf die Pistole verlassen. Noch nie hatte sie eine Ladehemmung. Nichts wird zu hören sein.

Im Bad wurde das Licht ausgeknipst, er trat wieder hinter den Vorhang am Ende des Flurs. Es war ein sicheres Versteck. Zwei Stunden harrte er hier schon aus. Die Straßenlaterne beleuchtete auch den Korridor, die Rolläden waren nur halb herabgezogen. Das macht er jeden Abend, sobald es dunkel wird; auch wenn er das Haus später nochmals verläßt, immer zieht er die Läden halb herunter. Er will sich schützen, aber nicht einschließen. Wochenlang hatte er ihn beobachtet und mögliche Tatorte geprüft. Stunden hatte er in der

Nähe des Hauses zugebracht, hatte die Umgebung inspiziert, einmal stand er sogar auf dem Grundstück, das Schloß der Kellertür war kein Hindernis. Fast wäre er ins Haus eingedrungen, hätte nicht irgendwo ein Hund gebellt. Geduld ist das erste Gebot, sagte er sich, Geduld, Planung, kein Risiko. Man muß seinen Verstand benutzen. Niemandem hat er etwas erzählt, niemand weiß etwas davon. Und niemand wird wissen, wer es war. Keine Erklärungen, keine öffentliche Begründung! Mit der Handfläche strich er über den geriffelten Griff der Pistole.

Im Schlafzimmer ging die kleine Lampe am Nachttisch an. Die Tür zum Flur blieb halb offen. Er wird noch lesen, wie jeden Abend. Es ist gut, wenn einer so feste Gewohnheiten hat, das macht vieles leichter. Draußen fuhren zwei Autos vorüber, die Lichtkegel strichen an der Gartenmauer entlang und trafen kurz die vergitterte Eingangstür. Es ist eine ruhige Gegend, große Grundstücke, alle eingewachsen, vom Nachbarn ist nichts einzusehen. Sie haben nicht viel miteinander zu tun, hier lebt jeder für sich. Die Büsche geben gute Deckung. Er fand sich allein hinter dem Vorhang, allein mit dem Licht, allein mit der Waffe. Langsam atmete er aus. Viele Stunden hatte er trainiert, wie man die Nerven beruhigt. Ausatmen, niemals die Luft anhalten, das Gehirn kurz ablenken, damit sich die Gedanken nicht festsetzen, Muskeln kräftig anspannen, loslassen, immer wieder loslassen, lautlos ausatmen.

Dieser Mann muß sterben. Sie sollen wissen, daß sie niemals sicher sind, auch im Ruhestand nicht. Bis zur letzten Minute sollen sie sich fürchten. Keiner von ihnen ist unschuldig. Gestern Vormittag hatte er den ehemaligen Minister zuletzt gesehen. Breitbeinig kam er die Straße herunter und blickte jeden auffordernd an. Er wollte wiedererkannt werden. Er trug ein dunkelblaues Polohemd und eine beigegelbe Freizeithose. Eleganz war noch nie sein Markenzeichen. Aber er wollte bemerkt werden, immer wollte er gesehen werden, wollte im Mittelpunkt stehen, wo immer er hinkam. Schließlich ist er eine Persönlichkeit, bekannt, beliebt, gefürchtet auch, wie es sich für einen Polizeiminister gehört. Schon von weitem hatte er ihn erkannt und sofort die Straßenseite gewechselt. Aber der alte Minister wollte gegrüßt werden, niemand sollte wortlos an ihm vorbeigehen, ohne ihn anzusehen, ohne sich zu verneigen. Von einem Leibwächter war weit und breit nichts zu sehen. Seit der Entlassung steht ihm offiziell kein Wachmann mehr zu. Manchmal begleitet ihn noch ein unauffälliger Mann mit Sonnenbrille, der ihn abschirmt, wenn er zu einem Treffen der Partei fährt, zu einer Vorstandssitzung oder einer Gesprächsrunde. Nachts ist er ohne Schutz. Sie denken, das Haus sei eine sichere Zuflucht, keine Alarmanlage, keine Posten, nicht einmal ein Hund. Sie fühlen sich sicher, sie fühlen sich ihrer Sache immer sicher; aber zappeln sollen sie, überall sollen sie sich fürchten, im Urlaub, im Auto, zu Hause, überall. Er muß sterben. Aber wie dumm ist es, sich das ständig einzuschärfen?

Das Licht im Schlafzimmer brannte noch immer. Wird er einschlafen, ohne die Lampe ausgeknipst zu haben? Schläft er bei Licht, wäre es leichter; man müßte nicht blindlings das ganze Magazin leerfeuern. Niemand darf etwas hören. Das Nachbarhaus ist zwar ein Stück entfernt, auch die Straße führt nicht direkt am Haus vorbei. Aber niemand darf einen Schrei hören, keinen Muckser soll er machen, er hat in seinem Leben genug geredet. Alle haben sie ihm zugehört und zugejubelt. Damit ist jetzt Schluß, ein für allemal. In den letzten Nächten brannte das Licht im Schlafzimmer viele Stunden. Schläft er schlecht, liest er die ganze Nacht? Wie lange soll ich noch warten? Es ist nie der richtige Augenblick zum Schießen. Er schaute auf die Uhr, es waren schon zwei Stunden nach Mitternacht.

Er trat von einem Bein aufs andere. Er mußte ihn sehen, diesen feisten Mann mit der Glatze und der runden Brille, mit seiner derben Jovialität. Käme er jetzt aus dem Zimmer und schlurfte zur Toilette, er würde hinter dem Vorhang hervorspringen und ihn stellen. Aber es regte sich nichts. Alles lag in seiner Hand, allein in seiner Hand. Er hat sich das Recht mühsam erarbeitet, das Vorrecht, ihn eigenhändig zu erledigen. Eine Berührung würde er nicht ertragen, den Griff um den Hals, die Finger an der Kehle, den Atem, das Röcheln, die um sich schlagenden, zappelnden Glieder, die brechenden Augen, nein, das nicht. Nach einigen Minuten schlüpfte er hinter dem Vorhang hervor und schlich zum Schlafzimmer. Vorsichtig zog er die Waffe, legte mit dem Daumen den Sicherungshebel um und hielt den Lauf nach oben. Er horchte ins Zimmer hinein. Sollte er zuerst in den Kopf oder in die Brust schießen? Welche Geräusche gibt ein Körper von sich, der nur schwer verletzt ist? Er hörte ein Röcheln und Prusten, hielt kurz den Atem an, jetzt konnte er es genauer hören, das Geräusch kam stets im selben Takt, der Mann röchelte nicht und japste auch nicht nach Luft, er schnarchte. Es war zum Lachen. Dieser Großsprecher der Macht schnarcht so laut, daß niemand es neben ihm aushält. Er grinste, aber das Geräusch störte ihn. Es machte den Körper lebendig, das Tier lebt noch, es muß sterben, heute Nacht. Jeder Atemzug sagt, ich bin am Leben, zwar ringe ich nach Luft, aber ich lebe, und Du wirst daran nichts ändern! Er fühlte sich verhöhnt, dieser fette, schnarchende Körper, der ihm die verbrauchte Luft entgegenblies, voll Verachtung, voller Hohn für den Tod.

Vorsichtig drückte er die Tür einen Spalt weiter auf und lugte in den Raum. Die Nachttischleuchte bestrahlte das Kopfteil des Bettes, das Kissen und einen Teil der Decke. Der Körper lag halb auf dem Rücken, schräg vom Licht abgewandt. Kopf und Schulter waren etwas erhöht durch das Kissen, das zur Nackenstütze zusammengeknüllt war. Eingefallen wirkte das Gesicht, die Kinnlade war heruntergeklappt, so daß man fast in die Mundhöhle sehen konnte. Genau dort wird ihn die erste Kugel treffen. Im Schlaf sah er hilflos aus, die Haare standen wirr vom Kopf ab. Wäre das Schnarchen nicht, man könnte ihn in Ruhe lassen. Aber der Mann hat keine guten Träume, es durchzuckt ihm das Gesicht. Ein leichtes Stöhnen unterbrach den Rhythmus des Atems, unwillkürlich schlug das rechte Bein aus, die Hände krampften sich zu Fäusten zusammen. An der Seite lag ein aufgeschlagenes Buch. Er war beim Lesen eingenickt. Es waren kaum mehr als fünf Schritte bis zum Bettpfosten. Plötzlich drehte sich der Körper nach links, zog die Knie hoch, winkelte die Arme ab und rollte sich ein. Augenblicklich hörte das Schnarchen auf. Manchmal spüren sie, wenn ein Fremder im Raum ist und wachen davon auf. Vielleicht hat er etwas bemerkt, einen Lufthauch, die Nähe des Pulsschlages. Er wird nicht aufwachen, er schläft tief und träumt schlecht. Er wird nie mehr aufwachen. Mit schlechten Träumen wird er sterben.

Er schlich zum Fußende des Bettes, senkte die Pistole, hielt kurz inne und feuerte, zuerst auf Kopf und Hals, dann seitlich in den Brustkasten. Bei jedem Schuß hörte man das Schleifen und Klacken des Verschlusses. Jedes Mal bäumte sich der Körper auf der Matratze auf. Durch sein Gewicht schien er noch Lebenskraft in sich zu haben. Aber die Kugeln rissen tiefe Löcher in Fleisch und Gewebe. Der Schädel barst und das Hirn verteilte sich auf der Wand hinter dem Kopfteil. Keuchend stellte er sich rechts neben das Bett, um ihm notfalls noch seitlich eine Kugel ins Genick zu feuern. Es war unnötig. Er sicherte die Waffe und prüfte das Magazin. Vier Patronen waren noch übrig. Elf Kugeln hatte er in schneller Folge verschossen. Bett, Wand und Boden waren voller Blut, überall Knochensplitter und Hirnmasse. Als er den Dämpfer abschrauben wollte, bemerkte er, wie seine Hände zitterten. Er knipste die Nachttischlampe aus, trat neben das Fenster und schaute in den Garten hinunter. Langsam atmete er aus. Nach zwei Minuten schloß er die Tür, ging die Treppe zum Keller hinunter und verließ das Haus.

EIN HANDGEMENGE

In der Hotelhalle mit den verglasten Säulen waren fast alle Tische besetzt. In einer Ecke fand sich noch ein diskreter Platz, abseits der Gäste, die unter gelegentlichen Gesprächen mit Trinken und Warten beschäftigt waren. Der junge Mann zog sogleich die Blicke auf sich. Mit leichtem, wippendem Gang eilte er dahin, die Tennisschuhe mußten vor Urzeiten einmal weiß gewesen sein, der verschlissene Hemdkragen verschwand unter einer blonden Haarmähne. Wie ein passionierter Wellenreiter sah er aus, braungebrannt, selbstgewiß und abenteuerlustig. Entweder hatte er sich in das noble Hotel verirrt, oder sein Begleiter hatte ihn irgendwo am Strand aufgelesen. Es war ein ungleiches Paar, der junge Lockenkopf und der alte Herr in dem maronenbraunen Sportsakko, den eleganten Slippern und den grasgrünen Socken. Sein Gesicht wurde beherrscht von einem üppigen Schnauzbart und zottigen Augenbrauen, weißgrauen Haartieren, die Mund, Nase und Stirn zu überwuchern drohten. Fortwährend schienen sie sich zu bewegen, immerzu zitterte es, unentwegt huschten Grimassen über das Gesicht. Vielleicht hatte er deswegen das dichte Kopfhaar bürstenkurz geschoren. Die Frisur verlieh ihm einen Anflug von Strenge und Selbstbeherrschung. Seine Kleidung war tadellos und saß wie angegossen. In der Rechten trug er ein Lederköfferchen, das er, kaum daß die beiden Platz genommen hatten, umständlich öffnete. Den kleinen Fächern entnahm er die Figuren und stellte sie sorgfältig auf das Brett. Jede einzelne rückte er exakt in die Mitte ihres Feldes; er duldete keine Unregelmäßigkeit.

Der Jüngling betrachtete die Figuren neugierig. Wehmütig wirkten die Miniaturen aus altem Elfenbein. Die Königin legte traurig ihre Hand an die Wange, als kennte sie ihr Schicksal bereits. Der König saß auf einem Thron, Bischöfe dienten ihm als Läufer und berittene Krieger als Springer. Geistlichkeit und Ritterschaft waren die Säulen der Gesellschaft, im Frieden wie im Krieg. Sie bezahlten ihre Königstreue mit Blut und Ideen. Alle hatten sie die Augen weit aufgerissen, aus Überraschung, Angst oder Entsetzen? Die Berserker an den Ecken des Bretts stellten die Türme dar. Voller Kampfeswut entblößten sie ihre Schneidezähne und bissen in den Rand ihrer Schilde. Doch am meisten verwirrten ihn die Bauern. Es waren keine Menschen, Tiere oder Fabelwesen, sondern Steine mit Inschriften, Grabsteine, die nach der Schlacht auf der Beinstätte des niederen Fußvolkes errichtet wurden.

Der Kellner brachte Kaffee, Gläser und eine Karaffe Wasser, der Lockenkopf zog Schwarz und fügte sich achselzuckend dem Zufall. Sie spielten ohne Uhr und ohne Geldeinsatz, nur zum Vergnügen, so hatten sie es vereinbart. Der Jüngling war dem Alten aufgefallen, wie er, am Sandstrand liegend, träge vor sich hinzudösen schien, aber alle paar Minuten in einem Heftchen irgendwelche Notizen eintrug. »Woran arbeiten Sie?«, hatte er ihn ohne Umschweife gefragt. »Ich studiere ein paar Züge«, erwiderte der Lockenkopf, »in der Mittagssonne fällt mir am meisten ein. Anderen Leuten dörrt sie das Hirn aus, mich regt die Wärme an. Es ist so hell, daß man die Augen schließen muß. Und Blindspielen schult die Phantasie. Man kann sich ganz den unsichtbaren Kräften widmen.« – »Besser wäre vielleicht doch eine Partie auf dem Brett?«, schlug der alte Herr vor. Der Lockenkopf blinzelte in die Sonne, und sie verabredeten sich kurzentschlossen für den Nachmittag vor dem Eingang des Hotels.

Als Schwarz auf die Eröffnung des Königsbauern mit c5 antwortete, tanzte auf dem Gesicht des Alten die rechte Augenbraue auf und nieder. »Il guicco siciliano« zischte es unhörbar unter dem mächtigen Schnauzbart. Er schürzte die Lippen und kniff die Augen zusammen. Als sein junger Gegner im dritten Zug zum Königsfianchetto ansetzte, um die lange schwarze Diagonale zu beherrschen, fühlte er sich in seiner Vermutung bestätigt. Nach dem siebten Zug war die Drachenvariante vollständig. Der sonnenverwöhnte Jüngling spielte mit jener Unbekümmertheit, die der Alte aus seiner eigenen Jugend kannte. Anstatt das Zentrum frontal zu besetzen, suchte er die Attacke über die Flanken. Obwohl er die gemütliche Sicherheit der Rochade zu verachten schien, verschanzte er seinen König vorsichtshalber auf der kurzen Seite. Das kann ein scharfer Tumult werden, dachte der alte Mann, mit seiner prächtigen Mähne hält er sich für unverletzbar. Er beugte sich nach vorn, rieb sich das Kinn und rechnete die Stellung durch. So sehr vertiefte er sich in die Kalkulation, daß er das Treiben rundum fast vergaß. Einige Gäste waren aufgestanden und hatten sich herangeschlichen. Im Nu umringten sieben, acht Neugierige den Spieltisch. Man hörte Geflüster, scharrende Füße, das Knacken von Fingergelenken, leise Atemzüge. Der Lockenkopf genoß sichtlich die Aufmerksamkeit, die ihm zuteil wurde. Er hatte sich lässig zurückgelehnt, die Arme hinter dem Kopf verschränkt und blickte selbstgefällig in die Runde, als ob ihn das Spiel nichts anginge. Der Alte indes schien vor sich hinzugrübeln. Aus dem Augenwinkel bemerkte er die fremden Schuhe neben dem Tischbein und die grauen Schatten, die sich über das Schlachtfeld beugten. Sie kommen immer, dachte er, wenn sie den Tod wittern. Sie recken die Hälse, die Schlachtenbummler, sie wollen den Kampf genießen, das Ende der Krieger, den Fall des Königs.

Nach dem Vormarsch der Bauern gegen seinen König, gab der Jüngling seine Flankenstrategie plötzlich auf und stieß überraschend ins Zentrum vor. Völlig entspannt saß er da, schüttelte seine Locken und blickte immer nur wenige Sekunden aufs Brett, sobald die Reihe an ihn kam. Es hatte den Anschein, als hätte er jeden Zug von Weiß schon lange erwartet. Siegessicher lächelte er den Zuschauern zu, als sei alles nur ein heiteres Vergnügen, eine leichtfertige Probe seiner unübertroffenen Kombinationskünste. Der Blick des Alten war noch immer auf das Brett geheftet. Die zitternden

Brauen und Bartspitzen verrieten seine Anspannung, Rechnen und Denken kosteten ihn Kraft. Doch besagten die Posen nichts über den Stand der Schlacht. Nach einem Schlagabtausch, der beide Parteien jeweils zwei Bauern und einen Ritter gekostet hatte, standen sich plötzlich die Damen frontal gegenüber. Ein Raunen ging durch den Raum; die unerfahrenen Kiebitze hielten das Duell der stärksten Figuren für den Augenblick der Entscheidung. Doch nicht der Tausch der wehmütigen Damen brachte dem alten Herrn in Vorteil, sondern eine Folge kaltblütiger Züge. Den schwarzen König zwang er in die Ecke, die feindliche Burg griff er mit Bauern und Bischöfen an. Der Klerus hatte sich auf die Seite des Volkes geschlagen. Sein eigener König stand zwar noch ungedeckt auf seinem angestammten Platz, aber der Lockenkopf war in der Defensive.

Mit Ungestüm und Wagemut parierte der junge Mann. Über mehrere Züge stand sein Ritter en prise, ohne daß Weiß ihn mit Gewinn hätte vernichten können. Mit dem Opfer eines Turms riß er die Initiative wieder an sich und verschaffte sich mehrere Drohmanöver. Im Nu hatte er das Blatt gewendet und den weißen König in Bedrängnis gebracht. Ein Gefecht mit offenem Visier war hier zu bestaunen, ein Hin und Her von Stoß und Parade, ein Sturm der Kräfte und Ideen, eine Schlacht mit weiträumigen Manövern, Esprit und Elan. Obwohl Weiß einen Turm voraus lag, schien Schwarz fast ebenbürtig. Allerdings hatte der junge Mann in der Hitze des Gefechts seine hochmütige Attitüde eingebüßt. Der Alte verlangte ihm alles ab. Mit Selbstgewißheit war jener ebensowenig zu beeindrucken wie mit der stillen Bewunderung der Zuschauer. Immer wieder kratzte er sich an seinem Bürstenkopf, unentwegt tanzten die grauen Brauen über seinen Augen. Er gab sich nicht die geringste Blöße. Fünfundzwanzig Züge dauerte die Schlacht mittlerweile, über eine Stunde war bereits verstrichen, aber niemand blickte zur Uhr oder verlangte eine Pause. Mit jedem Gegenmanöver, jedem Halbzug konnte sich der Kampf entscheiden. Was hätte er darum gegeben, dem Alten hinter die krause, zuckende Stirn zu schauen, hinter der sich ein geheimnisvolles Unwetter zusammenzubrauen schien. Auch an seinen Augen war nichts abzulesen, geschweige denn an dem gespitzten Mund, der den Schnurrbart in wilde Bewegungen versetzte. Kein Wort hatten sie bisher gewechselt. Obwohl sie nur zwei Armlängen voneinander entfernt saßen und sich in einen leibhaftigen Krieg des Geistes verstrickt hatten, war jeder vollauf mit sich selbst beschäftigt. Es war, als lebte jeder auf einem anderen Planeten. Hatte er richtig vorausgesehen, was sein Widersacher plante oder war er einer List erlegen? Wie konnte er erraten, was jener beabsichtigte, wie konnte er einen Plan durchkreuzen, den er unmöglich kennen konnte? Gegen diesen Feind genügte kein rascher Blick auf die Stellung, keine Phantasie des Blindspiels und kein langwieriger Kalkül. Wie viele Züge rechnete der Alte wirklich voraus, waren es vier, sechs, acht oder gar zwölf Züge, oder spielte er nur mit dem Blick der Erfahrung? Kannte er schon den Zug, der ihn zum

Sieg führen wird? Mit Berechnung war er nicht zu bezwingen, auch mit Überraschungen nicht. Wie sollte er wissen, was jener über ihn dachte? Ahnte er alles im voraus, oder wußte er, was er selbst über ihn dachte? Die Schlacht wird ja nicht nur mit dem Verstand, sondern auch mit dem Gemüt entschieden, mit der Stärke der Seele, der Tücke des Geistes, der Kraft des Mutes. Aber was immer er tat, der nervöse, ältliche Herr machte keinen einzigen Fehler. Dem Alter nach hätte er sein Vater, sein Großvater sein können. Er hatte sein Leben schon hinter sich, aber er spielte unerbittlich – wie der Tod. Er ließ sich nicht übertölpeln, nicht betören, nicht in die Irre führen, weder mit Ehrgeiz noch mit Eingebung, weder mit genialen Einfällen noch mit abgefeimten Manövern, im Gegenteil, je länger das Spiel währte, desto stärker wurde er. Unheimlich wurde ihm der Alte, streng war er, konzentriert und aufgewühlt zugleich. In seinem Gesicht zuckte es, die Stirn legte sich in Falten, vergrößerte sich, schwoll förmlich an, die Nasenflügel bebten, aber seine Hände waren seelenruhig, keine fahrige Geste, kein Zittern der Fingerspitzen, alle Erregung sammelte sich im Gesicht, in den Fasern der Schläfen und Wangen.

Unbeirrt nahm der alte Herr den Angriff wieder auf. Ein einziges Feld am Brettrand avancierte zum Brennpunkt des Handgemenges. H5 wurde mehreren Figuren zum Verhängnis, einem Bauern, zwei Bischöfen und einem weißen Wüterich. Beide Stellungen waren völlig zerrissen. Obwohl er seinen Verlust ausgeglichen und einen Gleichstand der Kräfte erzielt hatte, war der Angriffsgeist des Jünglings fast erloschen; kein Aufbäumen war ihm mehr möglich, keine verbissene Gegenwehr. Lediglich zu einem letzten, kläglichen Schach war er noch imstande, das den weißen König jedoch nur dazu anspornte, nun selbst ins Spiel einzugreifen. Zug um Zug rückte er seinem Rivalen entgegen. Der Jüngling stemmte seine Hände auf die Knie, um seine Lippen preßte sich ein ärgerlicher, tief beschämter Zug. Immer enger schnürte ihn der alte Herr in seiner aufgesprengten Stellung ein. Seine Burg war nahezu geschleift. Vergeblich suchte er noch einen Bauern für ein Endspiel zu retten, das längst im Gang war. Kurz vor Schluß wichen seine verbliebenen Streitkräfte aus und landeten wirkungslos auf der Gegenflanke. Nebeneinander versammelten sich Ritter, Bauer und Turm auf der Außenlinie, fern ihres Königs und fern jeder Entscheidung. Ein einziger Bischof stand seinem König in den letzten Minuten noch bei, eingekesselt in der Ecke, ausgeliefert dem Ansturm der weißen Feinde. Es gab kein Entrinnen. Nach fünfunddreißig Zügen gab der Jüngling entmutigt auf und legte seinen König auf das Brett. Er hatte keine Parade mehr.

Sofort entspann sich eine hitzige Debatte unter den Zuschauern. Eifrig erörterten sie das Spiel, die Züge und Positionen, die vermeintlichen Varianten, Verwicklungen und Versäumnisse. Lange hatten sie stillgehalten, gebannt von dem heftigen Kampf der ungleichen Gegner. Doch nun brach sich die Aufregung Bahn. Es war, als müßte jeder Zug nochmals erprobt, ergänzt und bewertet werden. Zahllos waren die Verzweigungen und Verästelungen, die sich ergaben, sobald man die Welt des wirklichen Spiels verließ. Der alte Herr jedoch legte die Figuren in die mit Samt ausgeschlagenen Fächer und klappte das Spielbrett zu. Sein Gesicht war ernst und entspannt. Das Zucken und Zittern war vorbei. »Sie haben sehr gut gespielt, eine wahre Glanzpartie«, lobte er den jungen Lockenkopf, »aber sie konnten nicht gewinnen.« In seinem Blick war keine Regung zu erkennen, nur um seine Mundwinkel zeichnete sich ein spöttisches Lächeln ab. Er reichte seinem Gegenüber die Hand; der Besiegte schlug ein, grüßte knapp, konnte sich aber keine weitere Erwiderung abringen. Mit gesenktem Kopf stand er da, hörte nicht die Stimmen, die auf ihn einredeten, die ihn aufmunterten oder lobten, spürte nicht die Hände an der Schulter, die Blicke, die ihn bestaunten und bewunderten. Die Sonnenbräune war fast aus seinem Gesicht gewichen. Ratlos blickte er zu Boden, dann durchquerte er bleich und betäubt die Hotelhalle. Eine seltsame Schwere lag in seinem jungen Körper. Neben einer Glassäule nahm er sein Notizheft aus der Gesäßtasche und warf es in den Papierkorb.

SPINNENBEINE

Mit der Daumenkuppe stopft er den Tabak nach. Von der Glut im Pfeifenkopf spürt er nichts. Tief saugt er den Rauch ein, während er die Fußgänger draußen beobachtet. Seit Stunden starrt er durch das trübe Fenster. Ein Film von Rauch, Fett und Alkoholdunst liegt auf dem Glas. Er scheint auf Hilfe zu warten, auf Freunde, irgendwelche Freunde, die niemals kommen. Sie haben ihn längst aufgegeben. Das Leben ist für ihn der Tisch, das Glas, die Flasche, der Geruch von Wermut, die Frau auf dem Nebenplatz. Draußen laufen die Menschen vorbei. Nie bleibt jemand stehen, um durch das große Fenster in das Lokal zu blicken. Hin und wieder schlendern ein paar Damen vorbei, in engen Röcken, Pumps, manche auch mit breitkrempigen Hüten. Federn tragen sie auf dem Kopf, gelbe Orangen, türkisblaue Schleifen, die Natur wächst ihnen aus dem Hirn, dann eine Mutter, die ihr Kind hinter sich her zieht, ein eleganter Herr im Anzug, die Putzmacherin von nebenan mit ihrer Stupsnase und den flinken Fingern. Er weiß, daß ihn draußen nichts erwartet. Aber er schaut hinaus, um nicht nach innen sehen zu müssen. Seit einigen Minuten sind die Muskeln kaum zu bewegen, Arme und Ellbogen ruhen auf der Tischplatte, mit Zähnen und Unterlippe hält er notdürftig die Pfeife fest. Wenn er nicht schleunigst nachstopft, wird sie ausgehen. Aber er kann nicht einmal mehr nachschenken. Der Hut drückt im Nacken, die bläulichrote Nase juckt, in den Augenwinkeln sammelt sich Blutwasser. Vielleicht wird er gleich in der Lache von verschüttetem Absinth ein paar Straßen auf die Tischplatte zeichnen, die Treppen, den Weg zur Dachkammer.

Reglos sitzt die Frau neben ihm. Als sie vor einigen Minuten an dem grünmilchigen Getränk nippte, schmeckte irgend etwas widerwärtig. Sie weiß nicht, wie viele Gläser sie bereits getrunken hat. Gestern waren es nur so viele gewesen, wie nötig waren, daß das Zittern endlich aufhörte, für ein paar Stunden zumindest. Die Unruhe ist das Schlimmste, das Zappeln der Füße und Beine, die unwillkürlich schlagenden Finger. Manchmal gehen die Stromstöße mitten durch den Körper. Es schießt die Beine hoch und jagt durch den Leib. An besseren Tagen bricht es im Becken ab, an schlechten Tagen, die meiste Zeit also, schießen die Stromwellen hinauf bis in den Hals, in die Schläfen, in den Hinterkopf. Heute aber ist sie ruhig. Schlaff hängen die Schultern herab, die Hände liegen matt auf den Knien, unter dem braunen Faltenrock sind die geschwollenen Beine nach vorn gerutscht. Die Füße krümmen sich in den Schuhen. Stunden dumpfen Brütens liegen hinter ihr. Halb dösend, halb grübelnd sitzt sie da. Sie stellt sich vor, den Arm auszustrecken und das Glas zu ergreifen, aber sie hat nicht die Kraft, den Vorsatz in die Tat umzusetzen.

Die Leere bedrückt sie. Unerreichbar ist der Mann neben ihr. Stunden muß es her sein, daß sie ihn zuletzt angesehen hat. Nicht einmal den Kopf hat er in ihre Richtung gedreht oder sie gar am Arm berührt. Wie stumme Puppen sitzen sie nebeneinander, zwei Handbreit voneinander entfernt, jeder eingeschlossen in sich selbst. Sie leben nicht zusammen, sie trinken zusammen, fast jeden Tag. Ein Trinkerpaar sind sie, im Trinken sind sie vereint, das Trinken ist ihr ganzes Leben. Aber je mehr sie getrunken hat, desto einsamer fühlt sie sich. Sie könnte die Wärme seines Körpers spüren, die Ausdünstungen der Haut, den Geruch des Knoblauchs, des Tabaks, den ranzigen Schweiß in der Jacke, am Hemdkragen. Aber sie riecht nichts. Mit spitzen Fingern könnte sie seinen Bizeps unter dem schäbigen Jackenärmel ertasten, könnte ihm ins Fleisch kneifen, oder soll sie ihm den Nacken kraulen? Aber die Lider lasten auf den Augen. Obwohl es bitter schmeckte, hat sie vergessen, sich den letzten Gifttropfen von den Lippen zu wischen. Wieder stellt sie sich vor, nach dem Glas zu greifen, erneut versagen die Hände. Mittags hatte der Absinth noch eine wohlige Wärme in ihr verbreitet, jetzt schmeckt er seltsam, zuviel Fenchel neben dem Anis, eine milchige Brühe. Mit langen, tiefen Zügen hatte sie ein Glas nach dem anderen geleert. Wie sollte sie der Versuchung widerstehen, diese Sehnsucht nach Ruhe, endlich Ruhe, wie oft hat sie diese Sucht bekämpft? Gestern waren es nur sieben Gläser. Sie war fast nüchtern, als sie ging, aber das Zittern war verschwunden. Das letzte Glas hatte sie sogar halbvoll stehen lassen und einen Zentimeter in seine Richtung geschoben, ein Geschenk, ein Opfer fürwahr, kein Mann würde je einer Frau sein Glas überlassen, sie aber hat ihm das Glas übergeben und erhielt nichts dafür, keinen Dank, keine Beachtung. Er nickte nicht einmal.

Sie starrt vor sich hin. Vermissen würde sie ihn, wäre er morgen Mittag nicht mehr da. Sie will nicht allein sein. Einsamkeit erträgt sie nicht. Seit Monaten besucht sie das Café, setzt sich neben den Mann am Fenster und trinkt, bis sie nicht mehr daran denkt, daß sie nie miteinander reden. Man muß nicht reden, wenn man sich zum Trinken trifft. Der Absinth löst nicht die Zunge, nach einigen Gläsern versinkt jeder in sich selbst. Aber manchmal spürt sie, daß noch jemand da ist. Für ihn richtet sie sich her. Betritt sie das Café, zeigt ihr der große Wandspiegel hinter der Bank, wie sie gerade aussieht, ob der Hut verrutscht ist, ob die Lippen noch rot schimmern, ob sie noch dieselbe ist. Erhebt sie sich, schaut sie ebenfalls kurz in den riesigen Spiegel. Letzthin kam es ihr so vor, als stünde eine fremde Frau neben ihr auf. Sie raffte den Mantel zusammen, richtete das Haar, zupfte die Ärmel zurecht, und die Person im Spiegel tat dasselbe. Gealtert sah diese Frau aus, das Gesicht war von wächserner Blässe, aufgedunsen, verwüstet. Auf einmal tauchten hinter der fremden Gestalt lauter Köpfe auf, schwarze, schmalkrempige Hüte, überall Hüte, nur einige Körper saßen ohne Köpfe an den Tischen. Immer mehr Leute drängten durch die Eingangstür, Männer in langen Mänteln, in den Händen hielten sie Stöcke mit Silberknauf oder Harz, kleine Männer mit riesigen, aufgeschwollenen Köpfen. So schwer schienen diese Köpfe, daß sie von den Körpern unmöglich getragen werden konnten. Fast wären sie zu Boden gefallen, aufgeplatzt oder weggerollt. Aber die Beine bewegten sich langsam auf die freien Tische zu, immer mehr Hosenbeine liefen umher, dann wurden die Stöcke auf einmal lang und länger, wie auf Stelzen schwankten spindeldürre Beine heran, darüber türmten sich die Köpfe auf, eine Pyramide von Köpfen und schwarzen Hüten, weiße Gesichter mit roten Nasen, breit grinsende Mäuler, Reihen gefräßiger Zähne, und alle Augen starrten auf sie.

Sie weiß nicht, was er denkt, wenn er die Stirn ans Fenster drückt. Auch sonst weiß sie nie, woran er gerade denkt. Wonach sehnt er sich, nach Liebe, nach dem Tod? Sie wagt nicht, ihn anzusprechen. Weiß sie selber, was sie gerade denkt? Allein sein will sie nicht, aber das Leben zu zweit erträgt sie ebensowenig. Das Trinken verbindet, von mittags bis in die Nacht. Er ist immer schon da, wenn sie hereinkommt. Er nickt kaum, aber vielleicht hat er gewartet? Jedes Mal rückt er einen Zentimeter zur Seite, um ihr Platz zu machen, der Tisch ist immer reserviert, kein Wort der Begrüßung, nicht einmal seinen Namen kennt sie. Sie haben sich einander nie vorgestellt. Ein Kopfnicken mittags, ein Nicken in der Nacht, kein Wort. Es hat sich nicht ergeben, miteinander zu reden. Dennoch kommt es ihr so vor, als seien sie ein Paar, ein Paar ohne Worte, sie wissen nichts voneinander, und doch trinken sie stundenlang zusammen, jeder für sich, bis einer geht. Vielleicht gibt es ein stilles Einverständnis, das nicht auf Worten beruht, sondern auf der Empfindung der Körper. Haut und Haarspitzen spüren, daß noch jemand da ist. Sie blickt auf den Boden. Sie hätte schwören können, daß gerade der kleine Hund an ihren Schuhen geschnüffelt hat, dieser schwarzweiß gefleckte Beißer, der ihr nicht einmal bis zur Wade reicht. Zwischen Tisch, Stühlen und Hosenbeinen hat er sein Reich. Putzig sieht er aus, ein wenig dumm, mit seinen schwarzen Schlappohren, nach ein paar Schlucken Absinth aus der Untertasse rollt er sich zufrieden in der Ecke zusammen. Sie lacht auf, aber es ist ein freudloses Lachen, als wüßte ein Teil von ihr, daß die Komödie der Köpfe und Beine, der Zwerge und Hunde nur ein Trugbild ist, eine Ausgeburt des Trübsinns, eine Sehnsucht nach einem Ereignis, das die Einsamkeit vertreibt.

Absinth verlangsamt das Denken, erst mit Verspätung sickern die Ereignisse ins Gehirn. Sie finden keine Verknüpfung, weil sich das Hirn mit jedem Glas weiter leert. Schluck für Schluck wird die Erinnerung weggeschwemmt. In der Ecke neben dem Tresen schläft das Hündchen im Korb. Die Menschen ohne Köpfe haben sich ins Hinterzimmer verzogen, die winzigen Neuankömmlinge mit den dürren Beinen scheinen den ganzen Gastraum in Besitz genommen zu haben. Am Nebentisch sitzt eine alte Frau mit struppigem Haar, sie kann sich keinen Hut leisten, nicht einmal ein Häubchen. Ihr Gesicht ist von der Sonne verbrannt, die faltige Haut von dunklen Flecken übersät. Öffnet sie den Mund, saugt die zahnlose Höhle jedes Lachen auf, jedes Wort, jeden Blick. So will sie nicht enden, denkt die Trinkerin, so häßlich, mit dieser Fettwulst unter dem Kiefer. Vor dem Niedergang bewahre sie der Absinth. Aber wer sich ihm anvertraut, hat sich längst zum Untergang entschlossen. Das Verderben verdient nur Verachtung. Auf den Tag kommt es nicht an.

Draußen ist es mittlerweile dunkel, das Pflaster glänzt vom Regen. Der Mann umfaßt das Glas mit beiden Händen und leert es in einem Zug. Dann kratzt er die Asche aus dem Pfeifenkopf, räuspert sich und richtet sich auf. Mit einem schnellen Ruck versucht er aufzustehen. Doch seine Knie geben nach, und er fällt schwer auf die Bank zurück. Erst der zweite Versuch gelingt halbwegs. Er drückt sich hoch und hält sich notdürftig auf den Beinen. Er zieht den Hut in die Stirn, zwängt sich zwischen Tisch und Fensterwand hindurch, nickt der Frau zum Abschied zu und stakst mit durchgedrückten Knien dem Ausgang entgegen. Mit letztem Willen hält er sich aufrecht. Wie jeder Mann von Ehre setzt er alles daran, desto nüchterner zu erscheinen, je betrunkener er ist. Entschlossen drückt er die Brust nach vorn, nimmt die Schultern zurück und richtet den Blick zielstrebig zur Tür. Langsam, sehr langsam setzt er einen Fuß vor den anderen, mißt die Strecke aus, die vor ihm liegt, die Länge des Durchgangs, an einer Tischkante hält er sich fest, blickt wirr in die Runde, läßt den Tisch los, ein gefährlicher Moment, die Hand erschrickt vor der Leere und zuckt zurück. Als er feststellt, daß es zur Umkehr zu spät ist, schreitet er stockend voran. Zumindest bis zur Tür sollte er Haltung bewahren, solange die Frau ihm nachblickt. Er hält sich die rechte Bauchseite, wo die Jacke über der geschwollenen Leber spannt. Es ist weit bis zur Tür, viel weiter als sonst. Heute ist nichts so, wie es sein soll.

Vor der Tür fegt der Wind, der Platz ist zu dieser Stunde leer. Der letzte Straßengänger ist längst im Dunkel der Nebengassen verschwunden. Die Regenluft scheint ihn für einen Moment zu erfrischen. Jeder Schritt hallt auf den Kopfsteinen nach, an den Eingängen laufen die Mülltonnen über, kein Hund wühlt nach einem Knochen. Er ballt die Hände zur Faust, um das Zittern zu unterdrücken. Soll er hinter der Straßenecke noch rasch einen Schluck trinken, bei dem rothaarigen Gnom, der immer lächelt wie ein blödes Kind, ein oder zwei Gläser als Wegzehrung? Wenigstens beobachtet einen dort die Frau nicht ständig beim Trinken! Welchen Sinn hat es, der Verlockung auszuweichen? Es sind noch Stunden, bis in der Früh das Café wieder öffnet. In dieser Nacht wird nichts so sein wie bisher. Endlich wird das klapprige Bett in der Mitte durchbrechen, oder wird das morsche Dach auf ihn herabstürzen? Um das Haus heult die Klage der Trinker. Durch die Luke zwängt sich der riesige Kopf mit dem Zyklopenauge. Aus dem Maul wachsen haarige Spinnenbeine hervor. Es raschelt überall, an den Wänden kratzt das Getier; Stiche, ganz feine Stiche treffen ihn von unten durch das Bett; unzählige Nadeln spießen sich ins Fleisch.

An der Treppe, die zur Unterstadt führt, bleibt er stehen. Seine Rechte sucht das Geländer, das ihn hinabgeleiten soll. Aus einem Fenster ertönen Stimmen, kieksende Stimmen, dazwischen ein dröhnender Baß, Gekicher, spitze Schreie, Stimmen, die nichts sagen, er schließt für einen Moment die Augen und horcht ihnen nach, helle, flirrende Stimmen, Stimmen ohne Geschlecht, das Lachen eingebildeter Freude, schrilles Gekreische auf einmal, ohrenbetäubend, ein Jauchzer, erleichtert öffnet er die Augen und blickt die Treppe hinunter. Vorsichtig setzt er den linken Fuß auf die nächste Stufe, aber die Knie sind weich, beide Hände suchen das Geländer, plötzlich heben sich ihm die Treppenstufen entgegen, das Geländer rutscht aus der Hand, eine Kante schlägt gegen die Hüfte, gegen die Schulter, eine andere gegen die Schläfe. Nasser Stein drückt sich gegen das Gesicht. Ein scharfer Schmerz sticht durch den Kopf, frisches Wasser sickert in den Mund, an der Schläfe rinnt es warm. Solange er sich nicht rührt, dringt Taubheit durch die Haut. Aber die geringste Bewegung zerreißt ihm Schulter und Hals. Der Geschmack von Blut, Wasser und Wermut füllt seinen Mund. In dieser Nacht ist alles anders. Sie konnten nicht warten, bis er zuhause ist.

EIN ABKOMMEN

Auf dem Handrücken haben sich schon die ersten Flecken gebildet. Die Finger ruhen auf dem Stiel des blauen Fingerhuts. Nach kurzem Zögern hatte er vorgeschlagen, das Portrait mit einem Zweig der Giftpflanze zu ergänzen. Sie stärkt das Herz und heilt von trüben Gedanken. Unbedingt wollte er ein Zeichen für den Beruf einfügen, Kopf, Brust und Hände genügten ihm nicht. Er hat manchmal sonderbare Ideen, ohne daß er immer wüßte, was sie bedeuten. In den langen Gesprächen beim Essen sonntags oder montags muß man ihm wortreich vor Augen halten, wie neuartig seine Bilder sind. Das Ungestüm der Farben übertrifft alles, was hier je zu sehen war. Und es war viel zu sehen. Immer wieder sind Maler hierher gezogen, in der Stadt wollte niemand ihre Bilder kaufen. Hier aber finden sie Zuspruch und Ermutigung. Die Preise sind niedrig, und einige Bilder waren sogar als Freundschaftsgeschenk zu haben. Seit dem Studium hält ihn der Umgang mit den Künstlern von der Arbeit ab. So sehr verehrt er ihre Werke, daß er es ihnen nachzutun sucht. Auf dem Land muß ein Arzt kapitulieren. Die Gegend eignet sich für die schönen Künste des Auges, nicht für das Handwerk der Heilkunst.

Still liegt seine Hand auf der zinnoberroten Tischdecke. Ihre Haut ist heller als sein sonnengebräuntes Gesicht. Auch die Decke war eine Idee des Malers. Unbedingt wollte er ein rotes Tuch, als Kontrast womöglich zu dem blauen Rock, dem weißen Hemd und der Schirmmütze, die er heute auf dem Kopf trägt. Die Pose hatte der Maler ihm überlassen, aber die Farben waren ihm wichtig. Er sitzt ja nicht zum ersten Mal Modell, aber dieses Mal ist es anders. Sorgfältig hat er den Stuhl in Position gebracht. Träge stützt er den Kopf auf die geballte Rechte. Bewegen darf er sich nicht. Schwer drückt das Haupt gegen die Hand. Daß man dabei ins Grübeln verfällt, ist nicht verwunderlich. Es ist nicht so, daß Gesten die Seele zum Ausdruck brächten. Es verhält sich umgekehrt. Die Haltung des Körpers bringt den Gemütszustand hervor. Das Grübeln kommt von der Untätigkeit, zu der man verurteilt ist. Nicht einmal die Lippen darf man bewegen. Jeder angefangene Satz wird sofort hinuntergeschluckt. Worte verziehen die Muskeln im Gesicht. Pausen sind unmöglich; sie wären verheerend; nach der geringsten Unterbrechung müßte man von vorn, bei Null beginnen. Den Kopf zu wenden, ist völlig undenkbar, ebenso das Anheben oder Absenken des Kinns. Der Maler will, daß man reglos sitzt. Nicht einmal die Augen darf man verdrehen. Es dauert ja nicht lange, er arbeitet schnell. Seit er sich hier in Obhut begeben hat, ist er fast in einen Rausch hineingeraten, jeden Tag ein Bild, manchmal sogar zwei, als wollte er dem Ende zuvorkommen. Täglich geht er hinaus, im Frühsommer ist das Wetter mild, und in der Mansarde kann er unmöglich arbeiten. Man könnte meinen, er sei wie von Sinnen, seit er zu sich selbst gelangt ist. Aber es ist nur die klare Luft. Sie hat ihm die Angstträume aus dem Hirn geblasen. Er scheint den neuen Zustand zu genießen. Hin und wieder huscht ein Lächeln über sein Gesicht, ein Anflug von Spott oder Zufriedenheit, als habe der Pinsel plötzlich etwas entdeckt, was das Auge zuvor nicht gesehen hatte. Manchmal, wenn er sich ganz in der Arbeit verloren hat, murmelt er etwas vor sich hin. Unbeweglich muß man sitzen, bis das Bild vollendet ist. Was soll man anderes tun, als vor sich hin zu grübeln? Das Denken ist der einzige Ausweg aus der Erstarrung, aus dem Leben am Ende der Sackgasse.

Als Landarzt kann man nicht viel ausrichten, die Menschen sterben jung, an Fieber, an schwärenden Wunden, im Kindbett, an Armut, an der Schwermut, die über der Gegend liegt. Meist kommt der Arzt zu spät, wenn er gerufen wird, der Einspänner ist zu langsam. Es fehlen alle Mittel, um die zartkörnigen Wunden zu säubern. Zwar sind die Menschen immer erleichtert, wenn sie den Arzt beschäftigt sehen; sie wollen nicht wahrhaben, daß es umsonst ist. In der Anstalt in der Stadt sind die Aussichten etwas besser. Doch ist man dort mit den Diagnosen zu schnell. Ein kurzer Blick ins Gesicht, in die Augen, auf die Haltung des Rumpfes oder der Arme, und das Urteil ist gefällt. Aber sie kämpfen nicht gegen einen Dämon, wenn sie sich mit dem Messer ins Fleisch schneiden, die Hände verbrennen oder die Farbe aus den Tuben verschlucken. In der anderen Welt werden sie fortwährend in Hast gehalten. Ihr Blick ist unruhig, ihre Bewegungen sind fahrig, der Kopf fliegt von einer Seite zur anderen. Erst allmählich verlangsamt sich die Gestik, sobald das Leben einem Punkt zuzusteuern scheint. Manchmel sind sie kaum ansprechbar. Sinne, Geist und Triebe scheinen mit Stummheit geschlagen. Endlos dauert dieses Brüten. Das Leben schweigt. Und doch flackert plötzlich wieder diese Unruhe auf, die ihnen die Züge verbiegt.

Er hat die gleiche Haarfarbe, ein blondroter Feuerschopf ist er, wie man ihn bei Menschen aus dem Norden öfters antrifft. Sein hohlwangiges, knochiges Gesicht ist von Enttäuschung gezeichnet. Der Malerkittel ist ihm viel zu weit. In den letzten Wochen ist er ihm fast zum Bruder geworden. Auch er ist von einem Nervenleiden geplagt. Während der Sitzung herrscht ein stummes Abkommen. Aber ist es nicht insgeheim außer Kraft gesetzt, wenn beide eins sind? Ist das Portrait ein Selbstportrait? Oder ist er ein anderer? Nein, nicht er sitzt an dem Tisch mit dem roten Tuch. Die Verwandtschaft der Seelen ist nichts als Einbildung. Er blickt hinaus auf die blaue Fläche, auf das Azur des Himmels. Dort hat sich die Welt aufgelöst. In endloser Weite ist sie vergangen.

Tief haben sich die Falten in sein Gesicht gegraben, zwischen den Augenbrauen, an den Nasenwinkeln und den geschwungenen Lippen. Versunken liegen die wäßrigblauen Augen in den Höhlen. Sie nehmen keine Notiz von der Welt, bewegen sich nicht, halten nichts fest, suchen nach nichts, dürfen gar nichts suchen. Leere fließt aus den Pupillen. Der Blick verschwimmt hinter dem Tränenfilm. Hängt er einem Gedanken nach, sinniert er über versäumte Gelegenheiten, über künftiges Unglück? Vor Gram verzerrt ist seine Miene. Seit Jahren schon ist er Witwer. Den Tod seiner Frau hat er nie verwunden. Auch die Freundschaft der Maler hat ihn nicht aufgeheitert; sie hat ihn nur abgelenkt. Aber die Neigung muß schon älter sein. Warum wäre er sonst so versiert in der Seelenkunde? Nervös ist er meist, ziemlich exzentrisch, ruhelos. Jetzt aber macht es ihm auf einmal keine Mühe still zu sitzen. Seit er gemalt wird, ist er nicht mehr auf der Flucht. Doch wird die Sitzung nicht lange dauern; vielleicht dauert sie ihm nicht lange genug. Abrupt wird er aufspringen, sobald er entlassen ist, wie einer, der zurückkehrt und nicht weiß, wo er gewesen ist. Aber er kennt doch alles. Er hat mir bescheinigt, daß ich von weiteren Anfällen verschont bleiben werde. Vermutlich wollte er seinen Patienten nur beruhigen. Was weiß er schon? Seit er da sitzt, blickt er müde und verloren. Es ist der Gesichtsausdruck unserer Zeit. Das Bild ist das Abbild seiner Verzweiflung. Einmal fing seine rechte Gesichtshälfte zu zucken an, ohne daß er es bemerkt hätte. Alle paar Sekunden riß eine unsichtbare Kraft die Wange nach oben. Nach einer Minute war es vorbei. Das Portrait zeigt keine Ähnlichkeit, es zeigt die Leidenschaft, die sein Gesicht beherrscht. Diese Passion ist überhaupt kein Geheimnis, Leidenschaften haben überhaupt nichts geheimnisvolles. An der Haut sind sie abzulesen, an der Stellung der Augen, am Gebirge der Muskeln und Knochen, an den Gesten der Hand, des Handgelenks, des Pinselstrichs. Mit den Äußerlichkeiten, mit der Oberfläche ist alles erfaßt. Man muß sie jedoch genau, mit kaltem, besonnenem Blick beobachten. Malerei ist eine Kunst des Geistes, des Abstandes, des Nachdenkens, der Zersetzung. Das Portrait muß den Körper der Seele entreißen. Die kurzen Pinselschläge oder radialen Linien lösen den Körper aus dem Gemütsraum. Wäre da nicht diese Nase, diese scharf gebogene Nase, die das Gesicht zerschneidet, die den Raum davor zerteilt und sich bei jedem Wortwechsel bedrohlich nähert, man könnte ihn für einen seiner Patienten halten. Es ist die Nase eines Raubvogels; immerzu ist er auf Beute aus, auf Menschen, Fälle, auf Eindrücke, Ideen, Bilder. Schon beim ersten Besuch in der Dachkammer stürzte er sich auf die Bilder. Unersättlich ist er, er frißt sich voll, weil er der Welt überdrüssig ist. Weil er alles zu kennen glaubt und durch alles hindurchsieht, ist seine Gier so groß. Wäre nicht er hier, gäbe es keinen Grund, sich weiter hier aufzuhalten. Sonst ist er ein freundlicher, scharfsinniger Kopf. Die Seelen, die er tagtäglich kurieren soll, haben ihn ermüdet. Die Bilder, an denen er sich selber versucht, sind mäßig, etwas bemüht, die Graphiken nicht ohne Talent. Er war es, der um das Portrait gebeten hatte. Das erspart ihm den Blick in den Spiegel. Auch ein Bild seiner Tochter wünscht er sich. Aber das ist nicht ohne Gefahr. Er hütet sie wie seinen Augapfel. Vermutlich ist ihm längst aufgefallen, wie hübsch sie ist. Seine Kommentare sind immerhin tiefschürfend.

Sein Lob ist erquickend, es nährt die Lebensgeister. Und das Essen in seinem Haus ist immer vorzüglich. Aber wie malt man jemanden, dessen Gast und Patient man ist und dessen Bemerkungen ein Bild so sezieren können wie das Abbild das Modell zersetzt?

FALSCHE TÖNE

Erschöpft sitzt er da, den Rumpf nach vorn gebeugt, die Beine breit auseinandergestellt. Er starrt zu Boden, die Arme hat er auf die Oberschenkel gestützt. Die ganze Last des Körpers ruht auf den abgewinkelten Ellbogen. Der Kopf sinkt nach vorn, so daß Hals, Schultern, Arme und Schenkel einen leeren Raum umschließen. Er trägt die Leere in seiner Mitte. Immer weiter frißt sie sich ein. Obwohl die überlangen Beine in den Raum hinausragen, schließt er sich nach außen ab. Er hat genug von der Welt. Niemand soll ihn ansprechen, niemand soll ihn betrachten. Vom Gesicht ist nichts zu erkennen, niemand kennt mehr seinen Namen.

Er ist noch jung, aber er ist zu Tode erschöpft. Die Glieder sind bleischwer. Es dauert Minuten, bis sich das Hirn entschließt, noch einen Finger zu krümmen oder das Knie anzubeugen. Er will sich nicht aufrichten, will nie mehr aufstehen. Seine Kraft ist verbraucht, nicht einmal diese untätige Zermürbung will er noch überwinden. Die Muskeln wollen nicht mehr, die kleinste Bewegung schmerzt. Bis zuletzt hat er gekämpft, bis alle Reserven aufgebraucht waren. Es ist aus. Er weiß, daß es aus ist. Er hat verloren.

Nicht die anderen haben ihn besiegt, nicht die Feinde, Rivalen und Kritiker, die ihn argwöhnisch beäugten, die jede Nachlässigkeit notierten, jeden Fehler genüßlich verkündeten. Auch an den wohlmeinenden Freunden ist er nicht zugrunde gegangen, die seine Talente stets überschätzten und ihn zu neuen Fortschritten anstachelten. Auch Elogen können ruinös sein, Anerkennung auf Vorschuß, Lob auf Kredit, der zur Einlösung zwingt. Niemandem wollte er etwas schuldig bleiben. Ein eisiges Leben mußte er führen, ein Leben unterm Schuldenbann, trotz der gütigen Sorge, die keinen falschen Ton duldete. Auch an sich selbst ist er nicht gescheitert, an seinen Ansprüchen, Hoffnungen, Träumen, an dem unbedingten Ehrgeiz der Jugend. Mit der Peitsche schlug er sich blutige Wunden, mit der Geißel der Vollendung, jeder Ton voller Bedeutung, jeder Akkord, jede Phrase wohlgesetzt, jeder Satz eine Idee, immer neue Aufgaben, Hürdenläufe rund um die Uhr, die entzündeten Sehnen und wunden Knie, die blutigen Schnitte am Handgelenk, die niemand bemerkte, selbst ist der Flagellant. Den Körper hat er gequält, um sich keine Blöße zu geben, jede Faser hat er gekräftigt, jede Wendung geprobt, tausendfach, zehntausendfach, viele Stunden am Tag, frühmorgens schon begann das tägliche Pensum, zwischendurch kurze Pausen, wohl abgemessen, keine Sekunde zuviel, unverrückbar war der Plan, ausgetüftelt auf Tempo und Zäsur; vollgefüllt war die Zeit mit Übungen, lange Pflicht, kurze Kür, Etüden, Studien, Proben, Exerzitien der Einsamkeit, Tonleitern, Terzen, Sexten, Oktavenläufe, tausende Stunden bis zur

Meisterschaft, kein Talent ohne Fleiß, Kinderfleiß, Jugendfleiß, Lebensfleiß. Wie oft hat er jeden Lagenwechsel geübt, jeden Takt, jede Drehung, jede Dehnung der Finger – das flinke, lockere Handgelenk, die elegante Bewegung des Arms, der Schulter? Durchbildung von Körper und Geist hieß es, Bildung des Gemüts, die Seele dürfe nicht zu kurz kommen, Beseelung des Tons, Dressur des Mienenspiels. Auch die Organe wurden nicht vergessen, Herz und Stoffwechsel, die Zufuhr der Nahrung, die Schärfung der Sinne. Zum Modellmenschen wollte man ihn machen, eine ehrgeizige Schöpfung von Menschenhand, jeder Makel sollte ausgebessert werden, auch wenn er nur darin bestand, vom Vorbild abzuweichen. Der Beste sollte er sein, nicht einer unter vielen, der Beste oder gar keiner. Zuletzt konnte er die Befehle nicht mehr hören, die Ermahnungen, Anweisungen, Beschwichtigungen, Beschimpfungen und seltenen Lobgesänge, alles nur zu seinem Besten, immer nur zu seinem Besten. Doch nun ist es aus. Es ist genug.

Der Auftritt mußte im Fiasko enden. Auf der Tournee überstand er manchen Abend nur mit Routine und Disziplin. Er hatte es gespürt, aber nicht wahrhaben wollen. Schlecht geschlafen hatte er letzte Nacht, hatte sich hin und her gewälzt, als es in ihm aufbegehrte, die Wut, die er stets niedergedrückt hatte. Plötzlich war sie da, eine unermeßliche Kraft, die alles zerschlagen, alles zunichte machen will, das Werk von Jahren, von zwanzig Jahren Schinderei und Versagung. Er wollte sie nicht bemerken, wollte ihr kein Recht einräumen. Er war es nicht gewohnt, sich mit sich selbst zu beschäftigen. Ohne Appetit frühstückte er, was man ihm vorsetzte, streifte erneut die freundliche Miene über und machte sich an die täglichen Fingerübungen. Zwar sollte er vor dem abendlichen Auftritt jede Überforderung meiden, aber war nicht das ganze Leben eine einzige Strapaze? Kein Erfolg, kein Applaus konnte je für die Mühsal entschädigen. Begeistert waren immer nur die anderen, er wußte, welche Plackerei dem Jubel vorausging. Er arbeitete, um sie zu erfreuen. Manchmal war er zufrieden, begeistert war er nie über sich. Befriedigung wollte sich nie einstellen, wenn ihm etwas gelungen schien. Nie wäre er auf den Gedanken gekommen, daß sie ihm mehr schuldeten als den Preis für das Billett und wohlwollenden Beifall. Er tat nur, was der Beruf verlangte, immer wieder tat er, was ihm aufgetragen war, immer war er folgsam, ein Virtuose des Gehorsams, niemand bemerkte den leisen Unwillen, am wenigsten er selbst. Er duckte sich ab, auch wenn er sich stolz zu bedanken schien, er winkte geflissentlich den Ratgebern und Hörern zu, ins Gesicht hätte er ihnen schlagen sollen, damit sie ihn endlich zufrieden ließen. So einfühlsam war er in seiner Willfährigkeit, daß er jeden Fingerzeig befolgte, ob er erteilt worden war oder nicht. Schon im voraus ahnte er, was jemandem mißfallen könnte, pedantisch erfüllte er jede Erwartung, jede hochgezogene Augenbraue empfand er als Katastrophe. Ein ungeheures Talent zum Gehorsam, zur Botmäßigkeit ist ihm gegeben. Es ist sein größtes Talent. Begleiche deine Schuld, ohne auch nur das Geringste schuldig zu sein!

Auch die letzten Übungen absolvierte er pflichtgemäß, dann verließ er das Zimmer. Es waren noch drei Stunden bis zum Auftritt. Anstatt sich auszuruhen, strich er durch die Flußaue und starrte auf das fließende Wasser. Er zählte die Minuten, spürte zum ersten Mal diese Müdigkeit in den Gliedern, in den Fingern, im Gehirn. Er trommelte gegen einen Baumstamm, wohl wissend, daß er seine Hände bald benötigen würde, schlug gegen die Rinde, bis die Knöchel halb aufgeschürft waren. Niemand beobachtete ihn bei diesem Anfall. Auf einer Bank versuchte er, zur Besinnung zu kommen. Gedankenverloren massierte er an den Fesseln herum, zog und bog die Finger und Gelenke. Die Etüden verfolgten ihn, die verhaßten Etüden, sie hämmerten in seinem Kopf. Dabei sollte der Abend in leisestem Pianissimo beginnen, verhalten im Ausdruck, bei moderatem Tempo, doch die Etüden hämmerten weiter, schlugen sich ins Gehör, wurden schneller und lauter, ein schriller Ton schoß ihm ins Ohr, er wollte ihn nicht hören, wollte überhaupt nichts mehr hören.

Vorzeitig betrat er die Konzerthalle und versteckte sich im Künstlerzimmer. Er wollte niemandem begegnen. Am liebsten hätte er sich eingeschlossen. Langsam zog er den dunklen Anzug an, band sich die Schleife um, polierte nochmals die Schuhe und schob die Manschetten zurecht. Was konnte ihn beruhigen, wie konnte er den Pfeifton aus dem Ohr vertreiben? Er spürte, wie das Lampenfieber über das gewohnte Maß hinausschoß, er schwitzte, im Spiegel eine verräterische Blässe um die Nase, verhaltener Beginn, nach dem ersten Ton würde die Unruhe verschwunden sein, für jeden Zwischenfall war er gerüstet, dafür hatte er geübt; Unpäßlichkeiten überspielen war die Empfehlung; es bemerken nur wenige, nicht jeder Auftritt muß zum Olymp hinaufführen, verhaltener Beginn, Spannung durch Lautlosigkeit, nicht zu zügig, moderato. Auf die ersten Töne kommt es an. Es ist wie immer, es zählen die ersten Töne, die ersten Worte, der erste Satz. Am ersten Ton entscheidet sich alles, entscheidet sich der ganze Auftritt. Mißlingt er, mißlingt der ganze Abend. Noch nie war ihm der Anfang mißglückt, aber jetzt war diese fiebrige Müdigkeit, diese Wut, dieses Pfeifen. Schon beim Gedanken, jetzt auf das Podium gehen zu müssen, drehte sich ihm den Magen um. Das Hemd klebte naß am Rücken. Als es an der Tür klopfte, dachte er zum ersten Mal, es solle endlich genug sein. Schweigend ging er hinaus, Beifall, ungewöhnlich lauter, lärmender Beifall, die Ohren waren hellhörig, alles war lauter als sonst, Verbeugung, er fühlte sich allein auf der Bühne, den Schemel hatte er vergessen einzustellen, die Sitzhöhe stimmte nicht, auch der erste Ton war zu laut, die erste Passage zu rasch, erregt, unmerklich das Tempo drosseln, sonst wird das Agitato später ein Husarenritt, ein Fiasko, der Pfeifton schrillte dazwischen, Ausdruck, verhaltener Ausdruck, immer noch zu laut, er wollte das Pfeifen übertönen, wann ist dieser Auftritt endlich zu Ende?

Daß er im Agitato daneben griff, war unvermeidlich. Alles steuerte dem ersten Mißklang zu. Eine fatale Vorführung, der Beifall war mäßig. Einige Besucher flüsterten miteinander. Als er in den dunklen Saal hinabsah, schien ein leichter, kalter Hauch zur Bühne heraufzuwehen. Zwischen all den freudigen und nachdenklichen Konzertgesichtern bemerkte er mißbilligende Blicke, Ablehnung und leises Kopfschütteln. In den hinteren Reihen standen im Halbdunkel einige auf und verließen den Saal. Dieses Publikum war nicht mehr zu gewinnen, er konnte nur noch mit Anstand über die Runden kommen. Die Sonate wurde von lautem Husten, Räuspern, dann von einzelnem Zischen begleitet. Schamröte schoß ihm ins Gesicht. Er war in Schweiß gebadet, Schweiß auf der Stirn, im Nacken, an den Händen, die Finger rutschten auf den Tasten. Nach kurzem Kopfnicken schlich er in die Garderobe. Durch die offene Tür hörte er die Pfiffe, es überraschte ihn nicht, alle Fehler hatten sie gehört, hatten mit ihm gelitten, hatten sich seiner geschämt, und nun befreiten sie sich von dem Ungemach durch wütende Pfiffe. Er war schuld an ihrer Scham. Noch nie hatte er solche Pfiffe geerntet, es war ihm, als pfiffen sie auf Schlüsseln oder als steckten sie sich die Finger breit in den Mund, wie beim Radrennen, wie im Stadion, Auspfeifen, Wegpfeifen, Wegprügeln mit Schimpf und Schande. Er wagte sich nicht mehr hinaus. Drei Minuten hatte er für die Entscheidung, Fortsetzung oder Abbruch, Skandal, Abgang für immer, er brauchte eine Ausrede, plötzliche Unpäßlichkeit, Krankheit, es war ihm zu dumm. Wer einmal die Bühne verläßt, kehrt nicht mehr zurück, nicht nach einem solchen Auftritt. Im Boden verschwinden wollte er, ungesehen von der Erde verschwinden. Die nächsten Termine, die ganze Tournee absagen. Er beauftragte den Manager, der besorgt durch den Türspalt blickte, die Karten zu erstatten, er käme für alles auf, nur weg wollte er, sofort verschwinden. Es gehörte sich nicht, einfach zu gehen, ohne Erklärung, ohne Abschied. Aber er hatte genug, und niemand wagte es noch, ihn anzusprechen. Er streifte den Mantel über, stellte den Kragen hoch, riß sich die Schleife vom Hals, diese Halsfessel, packte Noten und Jacke in die Tasche und stürmte zum Hinterausgang. Rasch überquerte er die Straße, es war dunkel mittlerweile, warf die Tasche auf den Rücksitz des Sportwagens, schloß die Tür ab und lief zur Flußaue hinunter, wo die Spitzhacke in die Wiese geschlagen war, eingeschlagen von Riesenhand, die Hacke im Kopf, den Kopf in der Mitte gespalten. Aber die Bank vom Nachmittag war frei, er atmete auf, stieß die Luft aus der Lunge, die verbrauchte Luft all der Jahre. Auf der Bank fühlte er sich zuhause. Weit stellte er die Beine auseinander, um besseren Stand zu haben, und vergrub das Gesicht in den Händen. Auf einmal war der Pfeifton verschwunden; nichts will er mehr hören, keine klatschenden Hände, keine Begeisterungsrufe, keine Befehle, kein Pfeifen, kein Flüstern. Die Spielfreude war dahin, schon vor Jahren war sie ihm abhanden gekommen. Nie hatte er Vergnügen an der öffentlichen Aufführung. Der Bestätigungswahn ging ihm völlig ab, der Ehrgeiz, der Beste zu sein. Am Anfang war das Spiel, das Spiel um des Spielens willen, Töne um der Töne willen, Stimmen, die miteinander, manchmal auch gegeneinander reden, Stimmen, die irgendwann schweigen. Die Stimmen sind genug Gesellschaft. Er muß sie niemandem vorführen. Es genügt vollends, sie zum Reden zu bringen, zum Klingen, zum Zagen, Weinen, Klagen. Er lehnt sich zurück, streckt die Arme über den Kopf. Eine Blamage, eine Niederlage fürwahr, Leere verbreitet sich in den Eingeweiden, er beugt sich nach vorn, als wollte er sich erbrechen, der Rücken krümmt sich rund, um sich einzukapseln. Am Ende ist nichts als Leere; aber schon am Anfang war alles hohl und leer. Das Leben beginnt erst nach der Erschöpfung, nach der Hoffnung, nach der Wut über die vertane Zeit. Rasch steht er auf, wirft sein Handy in den Fluß, eilt zum Hotel und zahlt seine Rechnung. Daraufhin setzt er sich in den Wagen, schaltet das Radio aus und fährt hinaus in die frühe Nacht.

TÄNZE

In der Mitte des Lichtkegels steht ein Stuhl. Es ist ein alter Stuhl aus Buchenholz, mit runder Rückenlehne und rotem Samtkissen. Seit Jahren begleitet ihn dieser Stuhl. In vielen Sälen und Salons bot er ihm einen sicheren Platz. Doch an diesem Ort war er noch nie, ein geschlossener Kreis, darauf ein rundes Podest, wo sich einst eine Nachbildung des Heiligen Grabes befand. Um die Rotunde stehen acht Säulen mit alten Kapitellen, schweren Voluten, wildem Zierwerk, Akanthusblättern, Hasen aus Stein, Drachenfratzen, darüber niedrige Arkadenbögen, die Decke aus Eichenbalken. Tonnenschwer lastet das Gewölbe auf dem niedrigen Raum. An der Wand rundum sitzen einige Zuhörer, andere haben in dem kleinen Langhaus Platz gefunden, das sich an die Rotunde anschließt. Es sind nur wenige Besucher, in dem Zwielicht sind sie kaum zu erkennen. Dennoch spürt er die Wärme der Körper, als er aus der Sakristei tritt, die stumme Erwartung, den Atem der Seelen. Alle blicken sie zu dem Stuhl in der Mitte, zu dem leeren, heiligen Stuhl für das Exerzitium.

Keine Hand rührt sich, als er auf das Podest zusteuert. In der Linken hält er das Instrument, in der Rechten den Bogen. Leise brummt er vor sich hin, um sich zu beruhigen. Immer wartet der leere Stuhl auf der Bühne. Er sollte nicht an die Gefahren und Zufälle denken: eine plötzliche Gedächtnislücke, klirrende Manschettenknöpfe beim Vibrato, die unbekannte Akustik, womöglich ist es zu feucht, zu dunkel, zu trocken, oder eine Saite springt mitten im Forte, oder es unterläuft ihm eine abrupte Bewegung, so daß der Bogen der Hand entgleitet. Er vermeidet es, zur Seite zu blicken, die erste Stufe, dann die zweite. Wie wird das Publikum reagieren, freundlich, verärgert, dankbar, enthusiastisch gar? Noch nie hat er vor diesen Zuhörern gespielt. Im Untergeschoß direkt unter der Rotunde ruhen die Gebeine. In der Krypta, die er am Nachmittag aufsuchte, fand er neben ein paar Grabplatten kleine, abgetrennte Kammern. Sie dienten einst als Reklusen, in die sich die Mönche zeitweise einmauern ließen, zum einsamen Gebet, zum Fasten, zum Zweifeln und Glauben. Feuchter Dunst wie von Grabesfäule setzte sich in seiner Nase fest. Hier soll er heute spielen, den Toten zum Wohlgefallen, den Lebenden zum Angedenken, den Heiligen zur Freude. Über dem Bogen zur Ostapsis führt der Erzengel die Seelen der Gerechten hinauf zur Himmelspforte.

Nachdem er Platz genommen hat, dämpft jemand den Lichtkegel ab. Wandkerzen tauchen den Raum in behagliches Dämmerlicht. Die Zuhörer sind nur mehr blasse, gesichtslose Schemen. Aber er spürt, wie sie den Atem anhalten, wie sich alle Blicke auf ihn richten und sich die Ohren zum Hören rüsten. Niemand wagt zu flüstern oder sich zu räuspern. Er läßt den Bogen kurz über die Saiten springen, am Feinstimmer muß er nichts mehr nachstellen. Nur der Stachel scheint ein paar Millimeter zu kurz. Er beugt sich nach vorn und zieht ihn ein winziges Stück weiter heraus.

Ein Hüne von Gestalt ist er, schlank, drahtig, breite, muskulöse Schultern unter dem Frack. Das graue Haar trägt er wohlgekämmt mit strengem Seitenscheitel, hager ist das Gesicht, fahler Teint, die Nase scharf und überlang, das Kinn kantig, geradezu eckig; Falten ziehen sich quer über die Stirn, tiefe Furchen verbinden Mundwinkel und Nasenflügel, die Ohren stehen weit ab, riesige Ohren sind es, die jeden Windhauch, jedes Knistern empfangen, alles hört er mit diesen Ohren, jeden Muckser, jeden Atemzug, das unruhige Rutschen auf den Bänken, das Rascheln der Mäntel und Röcke. Die Partie unter den Augen wirkt matt, als hätte er alles gesehen. Wach läßt er den Blick schweifen, die Säulen entlang, zu den Kapitellen hinauf, seltene Zuhörer hat er heute, Hasen und Löwen, Schlangen, Drachen. Seit Jahrhunderten haben sie auf ihn gewartet. Fröhlich bläst der Wind durch das steinerne Blattwerk, unhörbar für die Besucher. Nur wer sich in der Mitte des Weltkreises aufhält, bemerkt den Windhauch in der Ferne, noch bevor die Kerzen zu flackern beginnen.

Eine unmerkliche Verbeugung, lange ruht sein Blick am Boden, dann hebt er den Bogen, die linke Hand gleitet über das Griffbrett zur vierten Lage hinauf, der erste Ton von ungeahnter Kraft und Süßigkeit, kaum länger als ein Achtel dauert der Grundton des Moll-Dreiklangs, aus dem sich die Stimme in zügigen

Akkordbrechungen entspinnt. In mehreren Anläufen erklimmt sie erste Höhen, wechselt im Abstieg die Tonarten, ein biegsames Laufwerk, drei, vier oder fünf Töne auf je einen Bogen, der Atem gegen den Takt, allein aus sich heraus entfaltet sich die Stimme, schwillt an, verschwindet fast im Piano, schwingt sich erneut vom tiefen Cis in mächtigem Fortissimo auf zur Fermate, Generalpause, zwei Viertelschläge dauert die Pause, die Stille der Besinnung, erneut hebt die Stimme an, kreist leise in sich selbst, erobert mit neuer Kraft die Mittellage und endet schließlich triumphal, gestützt von fünf taktlangen Akkorden. Alles scheint schon gesagt in diesem Vorspiel, doch ist der Gleichklang am Ende nur der Einlaß zur Bühne, die Aufforderung zum Tanze.

Bis in die Nischen der Seitenaltäre klingt der letzte Akkord nach, bis ins Obergeschoß und den Treppenturm. An den Fresken der Apsis schreiten die Engel dahin. Einer birgt die Seelen unter seinem Mantel; Sphärenklänge sind ihnen wohlvertraut, harmonische Chöre, freudiger Gleichklang im Paradies. Heute aber vernehmen sie eine irdische Stimme, kraftvoll, sonor, zärtlich und klagend, fern jeder toten Seligkeit. Doch scheint die Stimme nicht allein. In der Allemande meldet sich eine zweite, gibt den Schritten der Dame Halt und Gewicht, besänftigt ihre Höhenflüge, stützt sie beim Drehen, führt sie mit energischem Zwischenruf zurück. Gegenwärtig ist die Stimme, auch wenn sie schweigt, da eine knappe Phrase, dort eine Erwiderung, da eine Verbeugung, dort ein deutliches Widerwort, ein tiefer, dissonanter Seufzer. So schreitet das Paar dahin, hebt Arme und Hände, dreht sich um die eigene Achse, zügig, aber ohne den Schwung, der die Bewegung über sich hinaus tragen würde. Souverän überwacht der Meister den unruhigen Tanz, fliegende Zweiunddreißigstel, sogleich fängt er die Ausschweifung wieder ein, setzt die Tanzordnung ins Recht, wohl wissend, daß eine Allemande zum Spielen und eine Allemande zum Tanzen unterschieden sind wie Himmel und Erde.

Wenig Regung zeigt sein Gesicht, manchmal dreht er den Kopf zu Seite und drückt das Ohr an die Schnekke. Die Hand schmiegt sich an das Griffbrett; so lang sind seine dürren Finger, daß er den Ellbogen kaum anheben muß, die Kralle des Virtuosen, Spinnenfinger, die über die Saiten huschen, die sich aufspannen und zusammenziehen. Unhörbar gleiten und springen sie von Ton zu Ton, stellen sich auf, legen sich quer, rasen das Brett hinauf, vereinigen sich zu Akkordgriffen, trillern in der Höhe oder halten die Grundstimme so lange fest, wie sie von Figuren umrankt wird. Erneut zieht etwas seinen Blick hinauf während der lebhaften Courante, nicht den Stimmen scheint er nachzulauschen, die Figuren laufen von selbst, Sforzati enden in plötzlichem Piano, abrupt wechseln Modus und Tonart, schließlich die Sequenzen beharrlicher Klage, das Verlangen nach Erlösung. Nach den Seufzern der Allemande bricht die Wehklage aus, der Wille zur Zuversicht, die herbeigezwungene Hoffnung. Doch sind es nur Töne, nichts als Töne, Stimmen, die schweigen und singen. Sie reden nicht, verkünden nichts, auf diesem Parkett gebietet allein sein behendes Fingerwerk. Stetig wechseln die Akzente, nie gehorcht der Tanz einem Rhythmus, immer andere Linien, Bögen und Kontraste. Nur schwerelose Schattengestalten vermögen diesem Meisterspiel folgen.

In der Sarabande ist alles anders. Gemessen schreitet das Paar dahin, schwer lasten die Klänge auf der Seele. Auch die Triller verleihen den Bewegungen keine Grazie. Kurz wippen sie in den Knien, ein Übersprung, ein paar gravitätische Seitenschritte, die Arme weich wiegend, und dennoch will sich die Ehrfurcht nicht einstellen, der ruhige Stolz erhobener Häupter. Immer klagender, blutender quellen die Stimmen aus dem Instrument hervor. Schmerz scheint das Gesicht des Meisters zu verzeichnen. Seine Gelassenheit ist dahin, auch die Ruhe selbstgewisser Kunstfertigkeit. In seinem Gesicht zittert es um die Augen, um die Nasenflügel, der Schädel drückt von innen gegen die Haut, die Klänge durchbeben seinen Leib. Unmerklich zuckt es um die Mundwinkel, an den Wangen, den Schläfen, die Augenbrauen drücken nach unten, ein bitterer Zug reißt an Kinn und Kiefer, ächzende Atemzüge pressen sich aus der Kehle, die Züge zerreißen, und dennoch spielen die Hände weiter, der Tanz des Lebens triumphiert über die Klage, ein Atemstoß der Befreiung, noch am kleinsten Ruhepunkt suchen Finger und Hand nach Entspannung. Die Arme scheinen noch länger, wenn er den Bogen im Crescendo mühelos bis zur Spitze durchzieht, ohne Finger oder Handgelenk abkippen zu müssen. Er muß den Händen nichts mehr befehlen; sie spielen wie von selbst, seit er sie freigegeben, seit er sich freigegeben hat. Sinn und Gefühl finden ihren Ausdruck jenseits seiner Seele.

Den beiden Menuetten folgt die Gigue. Kräftig streicht er über die Saiten im derben Dreiertakt, schon die erste Wiederholung klingt kraftvoller, schneller, lauter, als wolle er sich selbst übertönen. Am Frosch reißt er die Saiten an, kratzende, kreischende Töne, die sich antreiben, gegeneinander schlagen, stampfende Füße, klatschende Hände, kaum hält der Bogen dem Ansturm stand, Haare reißen, da tut der Meister plötzlich einen Strich, so daß ihm die G-Saite springt. Doch es kümmert ihn nicht, er spielt weiter, noch ärger, hitziger, jetzt hüpft er entschlossen über die Saiten, überfliegt mühelos die Lücke hinauf in die höheren Lagen. Nur nicht abbrechen, weitermachen, immer lauter drängt es voran, im Eichengebälk knirscht es, das Steingetier bewegt sich, er hört die hetzenden Töne, aber er weiß nicht, woher sie kommen, immer kecker, wilder, ausgelassener springt und dreht sich der Tanz, vor und zurück, eine hastige Verbeugung, die Arme hochgewinkelt, eine halbe Drehung, rasende Dreierbögen, düster funkelt es in seinen Augen, hastig zucken Lippen und Kinn, ganzen Einsatz fordert der Tanz, ein athletischer Akt, er arbeitet schwer, schnauft, stöhnt, er schafft es, reißt mit letzter Geste den Bogen hoch. Als er aufsteht, hängen Schweifhaare herab, der Steg ist verrutscht, die Umspannung der Saiten angerissen. Schweißnass ist er, das Haar klebt an den Schläfen, an Nase und Augenbrauen rinnt ihm das Wasser;

Kragen, Hemdrücken, Achseln, alles durchtränkt, er atmet schwer, zitternd halten die feuchten Hände Bogen und Instrument. Als er fragend zum Kapitell emporsieht, weicht die Hitze sofort. Still ist es, kein Beifall, kein Bravo, kein Ruf nach Zugabe, unbeweglich sitzen die Schatten reihum, niemand bewegt sich, noch immer zuckt es ihm im Gesicht, er ringt sich ein Lächeln ab, ein knappes Kopfnicken, dann verläßt er den Kreis. Auf dem Weg zur Sakristei begegnet er jemandem, den er zuvor übersehen hat. Mit weitem Schritt bewegt sich der alte Prophet noch im Takt des verklungenen Tanzes. Die Gigue ist ihm in die Glieder gefahren. Den Kopf wirft er nach links, die Arme greifen nach rechts, heftig weht der lange Bart auf, an der ausgestellten Hüfte spannt eng das Gewand. Dürr und eckig bewegt sich der betagte Mann, aber der Gewandsaum schwingt leicht um sein rechtes Bein. Dankbar lächelt das versteinerte Gesicht den Meister an, erweckt nach Jahrhunderten aus starrer Verlassenheit.

DIE ABRECHNUNG

Kurz vor Mitternacht trat er auf die Straße, verschloß die Tür und eilte zum Marktplatz. Er war ein ausgemergelter Mann mit braunen Augen und altblondem Bart. Seine Gesichtszüge waren unscharf, die Haut fahl, seine Finger rauh und kräftig. Er trug einen Mantel und eine karierte Mütze, in der Rechten hielt er eine schwere Aktentasche. Er war pünktlich. Jede Nacht verließ er den Laden zur festgesetzten Stunde. Anwohner hätten ihre Uhren danach stellen können, aber sie hatten keinen Anlaß, so spät aus dem Fenster zu schauen. Büros, Geschäfte und Kanzlei waren seit Stunden geschlossen, auch die Goldschmiedin hatte ihr Atelier längst verlassen. Zur Nacht versank die kleine Stadt in Leblosigkeit. Allein die Schritte des Mannes hallten auf dem Pflaster nach.

Am nächsten Vormittag kehrte er zurück. Obwohl nachts milder Föhn den Frost vertrieben hatte, trug er denselben abgewetzten Wollmantel. Die leere Aktentasche hatte er sich unter den Arm geklemmt. Um das Schloß zu entriegeln, mußte er den Türgriff einen Millimeter hochziehen. Die beiden Ladenfenster würdigte er keines Blickes. Das Glas war fast blind, in der Auslage waren ein paar vergilbte Bücher aufgestellt. Im Innern herrschte Zwielicht. Die drei Tische im Vorderraum quollen von Bedrucktem über, in den Wandregalen standen die Buchrücken exakt ausgerichtet und alphabetisch geordnet. Ein Regal hatte er für Gesamtausgaben reserviert. Auch im kleineren Mittelzimmer reichten die Bücherwände bis unter die Decke. Die Klappkisten am Boden enthielten unsortierte Haufen. In der Ecke hatte er seinen Arbeitsplatz eingerichtet: ein alter Computer, eine Geldkassette, ein Rechnungsblock, ein Notizheft. Der Rollschrank war verschlossen, der Papierkorb randvoll gefüllt mit zerfetzten Seiten, verschlissenen Einbänden und eng beschriebenen Zetteln. Die Wand dahinter jedoch war kahl. Bei genauerem Hinsehen hätte man bräunliche Streifen entdecken können, welche die Bretter auf dem Kalk hinterlassen hatten. Er legte die Aktentasche ab und zog den tannengrünen Vorhang beiseite. Im Hinterzimmer standen ein alter Ohrensessel, ein Seitentisch und eine Bogenlampe. Kein Buch war zu sehen. Er drehte die Heizung halb auf, hängte Mantel und Mütze an den Haken und rieb sich die klammen Hände. Er war zufrieden. Gestern Nacht hatte er sein Pensum erfüllt, der Lesetisch war leer.

Wie jeden Morgen ließ er sich in den Sessel sinken und betrachtete die leeren Wände. Hier hatte er einst Reiseführer, Kochbücher, diverse Fachbücher und allerlei Ratgeber aufbewahrt, für Kunden, die seinen Laden niemals besuchten. Dreimal nur hatte er diese Werke in die Hand genommen: als Beifang beim Ankauf, beim Einstellen und schließlich zum Auffüllen der Papiertonne. Er haßte Fachbücher und Ratgeber, diese Bleiwüsten mit winzigen Bildchen und Diagrammen, Hochglanzdruck teilweise, Dokumente sinnlosen Fleißes und überflüssigen Wissens. Wofür gab es nicht alles Ratgeber, für richtiges Gehen und Sitzen, für Reisgerichte oder saure Weine, für den Gebrauch von Spazierstöcken oder die Entsorgung von Küchenabfällen, Ratgeber für Haus, Garten, Garage und Straße, für Körper und Seele, Sport, Spiel und Stil, Ratgeber für die Geburt und den Tod, von der Wiege bis zur Bahre lauter Ratgeber, sogar das Sterben will gelernt sein, der letzte Atemzug in Würde, Ratgeber für das Nichts, für alles und nichts. Was lernt der moderne Mensch selber? Nichts erlebt er selber, erst nachlesen, dann handeln, nur keinen Fehler machen, kein Risiko, keine Umwege, sie lesen sonst nichts, nicht einmal eine Tageszeitung, dafür aber Ratgeber, sie fragen auch niemanden, denn sie schämen sich ihrer Ahnungslosigkeit, und sie lassen sich nichts zeigen, sie wollen es schriftlich, Anleitungen, Testberichte, Ratgeber, nach der Lektüre haben sie bereits genug und fangen erst gar nicht an. Er grinste in sich hinein und fühlte eine gewisse Genugtuung, daß er die neun Regalmeter entsorgt und sich dabei von deren Leser gleich mitverabschiedet hatte.

Im Computer fand er eine Bestellung vor. Jemand suchte eine alte Ausgabe des Talmud. Er hatte vergessen, das Angebot im Netz zu löschen. Vor Tagen hatte er in dem heiligen Werk zuletzt gelesen und es dann aus dem Laden genommen. Vor fünf, sechs Jahren hatte er morgens noch mehrere Anfragen zu beantworten, sein Geschäft war unter Sammlern bekannt, mittlerweile haben Käufe Seltenheitswert. Die Sammler sterben aus, überlegte er, und die Leser ohnehin, die Gebildeten sind tot, das Sortiment ist kleiner, jeden Tag wird es kleiner. Während der Woche muß er nur noch einmal zur Poststelle. Sie kennen ihn dort, früher war er oft mit dem kleinen Handwagen unterwegs, um die Pakete aufzugeben. Ein Anflug von Wehmut überkam ihn, von Zorn und Verachtung. Jahre hatte er benötigt, sich von der Leidenschaft zu den Büchern zu befreien, von der Hoffnung, das Leben mit neugierigen Lesern und klugen Autoren verbringen zu können. Die ältesten Torheiten sind die hartnäckigsten, wie Pech kleben sie an der Existenz.

Er schaute zur Straße hinaus. Da kein Passant die Auslagen beachtete, hatte er irgendwann aufgehört, die Fenster zu dekorieren. Täglich hielt er den Laden noch geöffnet, von zehn Uhr bis abends, eine Stunde Mittagspause, die er ohne weiteres verlängern könnte. Eine Zeitlang hatte er noch Neueingänge katalogisiert, Preise verglichen, Rechnungen und Mahnungen verschickt. Vor allem jedoch hatte er auf Kunden gewartet, stundenlang, Warten war sein Hauptgeschäft, untätig saß er hinter dem Bildschirm und wartete. Ging jemand an der Tür vorbei, schreckte er hoch. Immer glomm die kleine Hoffnung wieder auf, im Sommer hielt er die Tür geöffnet, um, wie man unter Kaufleuten sagt, die Schwelle zu senken. Man muß die Hemmschwelle zum Buch senken, hatte er gedacht, die Lesehemmung, Denkhemmung, aber die Analphabeten sind Legion,

Schwatzköpfe ohne Verstand, von Geist gar nicht zu reden, nicht einmal Ratgeber verstehen sie. Haben Sie ein Buch zuhause? – wo denken Sie hin! Kaum jemand verirrt sich in die Nebenstraße, der Goldschmiedin geht es kaum besser, auch dem Tischler und Trödelhändler unten nicht, der junge Anwalt – ein Advokat im stillen Winkel. Wer zufällig an der offenen Tür vorübergeht, starrt verwirrt in die Höhle voller Bücher. Keiner bleibt stehen. Es gibt keine Hemmschwelle, auf Friedhöfen liest man die Grabsteine auch im Vorübergehen.

Früher standen manchmal mehrere Stammgäste im Laden und schmökerten. Der Ohrensessel war für sie bestimmt. Ab und zu entspann sich ein Gespräch und er empfahl ein Buch, das er scheinbar zufällig aus dem Regal zog. Bücherfreunden, die mit einem ganzen Stapel den Laden verließen, erließ er oftmals ein, zwei Titel – Großzügigkeit verpflichtet. Die Leute kamen wieder, und solange das Geschäft florierte, füllte sich der Laden mit Büchern. Er kaufte nach im Vertrauen auf Umsatz. Als die Kunden jedoch ausblieben, einige waren verstorben, andere verzogen, nahm der Bestand allmählich ab. Immer häufiger weigerte er sich, weitere Bücher anzukaufen. Fast täglich bot ihm ein ahnungsloser Erbe einen Nachlaß an. Aber die Mühe, eine Bibliothek zu inspizieren, machte er sich nicht mehr. Viele wollen Bücher loswerden, dachte er, und sie meinen, die Bestseller von gestern hätten irgendeinen Wert. Mit den Schätzen ihrer Vorfahren, mit Erstdrucken oder signierten Exemplaren wissen die Erben nichts anzufangen. So verkam der Laden zur Papierentsorgungsstelle.

Die Aufgabe des Buchhändlers ist nicht mehr, Bücher zum Verkauf zu beschaffen, sondern Unmengen unverkäuflicher Bücher baldmöglichst zu entfernen. Der Antiquar hat nichts zu bewahren, er hat das Schrifttum zu begraben, das Papier, die Tradition, die Zivilisation. Was religiöse Eiferer, Inquisitoren, Parteikommissare, Feuerwehrleute, Kinder, mechanische Hunde, Hauskatzen, Mäuse und die ovalen Bücherwürmer nicht vermochten, das obliegt nun dem Antiquar: die endgültige Beseitigung des Geistes.

Gegen Mittag kam ein Mann in den Laden. Er ging gebeugt und stützte sich auf einen Stock. Sein Gesicht wirkte blaß und ungepflegt, der struppige Bart verdeckte den Mund, die Ringe unter den funkelnden Augen verrieten durchwachte Nächte. Zielstrebig steuerte er auf den Inhaber zu. »Ich möchte Ihnen ein kleines Bändchen anbieten. Ich weiß, bei Ihnen ist es gut aufgehoben«, flüsterte er und holte ein Büchlein aus der Tasche, sorgsam in Zeitungspapier verpackt, um den Einband mit dem geblümten Tapetenmuster zu schonen. Das Bändchen enthielt kaum mehr als dreißig Seiten, großzügig gesetzt in alter Schrift. Es handelte vom Gehen, vom Denken und Schweigen. »Ich brauche das Buch nicht mehr«, fügte er hinzu, »ich habe es oft gelesen in meinem Leben, immer wieder, und nun ist es gut.« – »Ich kaufe keine Bücher mehr«, erwiderte der Händler prompt und bereute die Bemerkung im selben Augenblick. Der ärmlich gekleidete Mann rührte ihn, aber seine Augen ließen kein rechtes Mitleid aufkommen. Es kam ihm so vor, als kennte er den Alten. Ein

Buch über das Gehen, fragte er sich erstaunt, weil ich den ganzen Tag und die halbe Nacht hier sitze? Und über das Schweigen, obgleich die Bücher auf Leser warten wie Redner auf Zuhörer! »Ich weiß, daß Sie keine Bücher mehr ankaufen«, sagte der Mann, »aber Sie sitzen zu viel und reden zu wenig.« Der Antiquar haßte gutgemeinte Ratschläge, aber es war ihm, als müßte er sich verteidigen. Seit mehr als dreißig Jahren kümmere er sich um all die Bücher, sagte er und wies mit einer großen Armbewegung auf die Stellagen rundum. Das meiste sei unverkäuflich, der Geist sei, wenn man es genau nehme, immer schwer verkäuflich gewesen. Wer habe die wenigen, wirklich bedeutsamen Bücher Satz für Satz gelesen, ein paar Verrückte, Verrückte gebe es immer einmal, aber vielleicht habe es früher mehr Verrückte gegeben, die ihre Bücher nicht nur angeblättert, sondern tatsächlich studiert und vielleicht auch verstanden haben, schließlich wolle man das, was man liest, auch verstehen. Aber womöglich sei der Geist gar nicht zu verstehen, weswegen er letztlich auch nicht zu verkaufen sei. »Nun reden Sie ziemlich viel«, bemerkte der Mann. »Sehen Sie, was ich hier zusammengetragen habe, ist zu einer Bibliothek angewachsen, die ich mir privat nie hätte leisten können, obwohl ich mich, wenn ich es recht bedenke, auch als Buchhändler nie anders denn als Privatmann gefühlt habe. Es war immer mehr Neigung als Verdienst, denn schwer zu verkaufen waren gute Bücher auch früher; was sich gut verkauft, ist in der Regel schlecht; und was sich am besten verkauft, ist keinen weiteren Gedanken wert. Bestseller landen nach drei, vier Monaten in der hinteren Reihe, der Laden war früher voll von Bestsellern, keiner wollte sie haben. Bestseller sind zuletzt Ladenhüter, jeder hat sie, keiner will sie, und deshalb kaufe ich keine Bestseller, man könnte sie sofort wegwerfen.« Er steigerte sich in ein regelrechtes Lamento hinein, in die große Abrechnung. »Trotzdem gibt es kein größeres Vergnügen als das Lesen. Die besten Bücher belehren darüber, was der Fall ist; sie erfreuen das Gemüt, weil sie mit Witz und Stil verfaßt sind, weil sie überraschende Einsichten bieten und in mögliche Welten entführen. Die allermeisten Druckwerke sind freilich weder lehrreich noch vergnüglich. Im schlimmsten Falle führen sie in die Irre, weil sie Wunsch und Wirklichkeit verwechseln, oder sie wiederholen nur das, was die Mehrheit für real hält. Wozu der flache Sinn der Wirklichkeit? Wozu jene voluminösen Romane, dick wie Ziegelsteine, die auf sechshundert Seiten einen Gedanken auswalzen, dessen mündliche Darlegung keine fünf Minuten beanspruchen würde? Gestern Abend las ich den kurzen Konzertbericht eines Cellisten, die Erinnerung an einen jungen, früh vollendeten Klavierspieler, und dann betrachtete ich ein paar Bilder von Hopper, Degas, Redon und Fernand Khnopff; vorgestern hatte ich William Blake in der Hand, das Buch Daniel und die Legende vom verhüllten Propheten. Die Gedanken sind frei, sie schweifen dahin in Raum und Zeit. Ich lese, wie es in den Sinn kommt. Und ich denke, wie es der Sinn will. Die Gegenwart interessiert mich kaum. Nichts ist flüchtiger als Gegenwart. Sie verfliegt sofort.

Ebensowenig kümmert mich die Ordnung der Sparten. Ich bin Leser und Händler, kein Archivar, kein Zensor, kein Chronist. Die einzige Ordnung sind die Elemente der Schrift. Jedes Buch verknüpft dieselben Atome: zweiundzwanzig Buchstaben, Punkt, Komma und den Abstand zwischen den Lettern, die Lücke, die Leere. Zwischen jedem Wort, jedem Satz, jeder Geschichte klafft diese Leere. Kontinuität und Kausalität sind nur Versuche, diese unerklärliche Leere aufzufüllen. Immer suchen wir nach Ursachen oder Gründen, nach etwas, was die Leere vor dem Ereignis überbrückt. Unerträglich scheint vielen die Leere, das Nichts am Ende einer Geschichte, und das Nichts am Anfang, bevor alles beginnt. Aber keine Geschichte verursacht eine andere, und keine folgt aus einer anderen. Warum also nicht ein kleines Werk über das Nichts, über die Stille, das Schweigen und das Gehen?« – »Ich wußte, daß Sie das reizen würde«, säuselte der Besucher mit wissendem Lächeln, »geben Sie mir, was es Ihnen wert ist.« Der Händler drückte ihm zwei Scheine in die Hand. Der Alte dankte artig, deutete eine Verbeugung an und ging, ohne noch ein Wort zu verlieren.

Der Antiquar stand noch eine Weile in der Mitte seines Ladens. Es zog durch die offene Tür, und die milde Kühle des Mittags verbreitete sich in den Räumen. Doch fand er nicht die Kraft, die Tür zu schließen. Die Rede hatte ihn erschöpft. Er dachte an sein Lesepensum, überblickte die Regalwände und überschlug, wie viele Monate, wenn nicht Jahre er noch benötigen würde, die Bücher dieser Bibliothek zu lesen.

Da sie nicht zu verkaufen waren, hatte er vor einiger Zeit beschlossen, sie selbst zu lesen. Die Langeweile wollte er sich damit vertreiben und die Enttäuschung, vor allem aber hatte ihn die Idee gepackt, manche der bedruckten Seiten seien zu kostbar, um sie ungelesen in den Müll zu werfen. Gewiß, so dachte er, haben Bücher keine Seele, derlei sentimentaler Unfug war ihm fremd. Aber enthalten nicht einige Bücher zumindest eine Einsicht, die jemand für wert empfunden hatte, sie schriftlich festzuhalten? Er wollte diese Gedanken finden und sie in seinem Kopf bewahren. Deshalb las und las er, unermüdlich, jeden Tag, jede Nacht. Hatte er einen Gedanken erkannt, konnte er das Buch getrost in die Aktentasche packen, die er um Mitternacht aus dem Laden trug. Die Spalten und Lücken in den Regalen verbarg er, indem er die Exemplare aus den hinteren Räumen und den Klappkisten nach vorn holte. Nichts beunruhigt einen Kunden mehr als halbleere Regale, er fühlt sich sofort in der Nähe des Abgrunds. Fülle und Überfluß will er spüren, nicht Kargheit und Armut. Lieber eine kahle Wand als ein halbvolles Regal, lieber ein gräßlicher Vorhang als ein leeres Zimmer. Doch wozu diese Mühsal? Plötzlich nagte ein bislang unbekannter Zweifel an ihm, ob nämlich jenes Gefühl, das ihn bislang gefangen hielt, ihn noch so beseelte, wie es für sein Vorhaben nötig sei. Müde sah er sich um. Sollte er nicht einfach das Büchlein über die Stille in die Manteltasche stecken, ein brennendes Streichholz in eine Bücherkiste werfen und dann auf Nimmerwiedersehen verschwinden?

In der Mittagspause kaufte er ein Feuerzeug und eine Packung Zigarren. Schon lange hatte er kein Rauchwerk mehr angerührt. Im Laden strich er wie gewohnt die Regale entlang und zog einige Titel hervor, die ihm gerade ins Auge fielen. Vier Bücher legte er schließlich im Hinterzimmer auf den Lesetisch: die »Apophtegmata Patrum«, einen Report über Sachalin, einen Bildband über Hieronymus Bosch und eine Abhandlung über Triboulet und andere Possenreißer. Er ahnte, daß er für die Lektüre mehr als einen Abend benötigen würde. Anfangs hatte er zehn bis fünfzehn Bücher auf einmal durchsehen können. Meist genügte es, sie durchzublättern, spätestens nach einer Viertelstunde stand das Fehlen jedweden Gedankens fest. Neben Ratgebern, esoterischen Machwerken, politischen Bekenntnissen und persönlichen Lebensbeichten, Flugschriften oder Serienromanen waren auch Reiseführer rasch erledigt. Reisen reizten ihn schon lange nicht mehr. Er hätte nicht gewußt, wovon er sich hätte erholen sollen. Und Abenteuer hatte er genügend im Kopf. Vor kurzem noch hatte er ein gutes Dutzend Thriller und Spionageromane auf einmal weggetan. Nur zwei hatten einen Eindruck hinterlassen, die Geschichte eines Attentäters und eines Agenten aus der Nachbarschaft. Nach dem Besuch am Vormittag bewegten ihn jedoch Menschen abseits der Schrift, Menschen ohne Bücher, Ausgestoßene, Verbannte, Narren, Menschen, die keine Briefe schrieben und keine lasen, die Hunde des Schicksals, Menschen, die ein Leben unter Fremden führten, auf einer Insel, im Schatten der Macht, an einem Ort am Ende der Welt.

Er öffnete den Rollschrank und stellte die Geldkassette hinein, auf den beiden unteren Brettern lagen die Werke, die er nicht fortgetragen hatte, sei es, weil er mit der Lektüre noch nicht zu Ende war, sei es, weil ein Buch derart geistvoll war, daß er wieder und wieder darin las. Er war sich nicht schlüssig, was mit diesem Geistesschatz geschehen sollte. Er legte das neue Bändchen hinzu, zog die Jalousie hoch und klopfte mit der flachen Hand zweimal auf die Deckplatte. Die letzte Auswahl war unter Verschluß. Er kochte sich eine Kanne Kaffee, setzte sich in den Ohrensessel und steckte sich eine Zigarre an. Der Tabak löste eine leichte Übelkeit aus, eine kleine Schwäche, aus der ihn erst der Anblick eines Bildes riß.

Ein blonder, nicht mehr ganz junger Mann durchquert eine unwirtliche Gegend. Auf dem Rücken trägt er einen Weidenkorb, die Kiepe des fahrenden Händlers. Seine einzige Waffe ist der Knotenstock. Am Boden liegen Gerippe, Schädel und Knochen verstreut. Ein kläffender Köter schnappt nach seinem Hacken, die üble Nachrede folgt dem Landfahrer auf dem Fuße. In einiger Entfernung binden Wegelagerer einen betuchten Reisenden an den Baum, ein Bauernpaar tanzt zum Quäken einer Sackpfeife, und in der Ferne sammelt sich eine Menge Volkes unter einem riesigen Galgen, an den die Leiter zum Himmel gelehnt ist. Der Wanderer blickt zurück auf die Welt, die Lippen zusammengepreßt, die Augen zu Schlitzen verengt; aus der zerlumpten Hose ragt das nackte Knie hervor. Der nächste Schritt führt auf eine schmale Planke, die an der Seite eingerissen ist. Der Holzstab auf der Astgabel bietet kein Geländer zum Gang über den Bach.

Lange hielt ihn das Bild gefangen. Es war wie ein jäher Blick auf sich selbst. Jede Einzelheit prüfte er mit der Lupe, jede Figur, jede Geste, jeden Pinselstrich. Die Erschöpfung des Tages war verflogen. Schließlich verschloß er den Bildband im Rollschrank, zog den Mantel über und verließ vorzeitig den Laden.

Am Morgen darauf war auf einem Zettel an der Tür zu lesen, daß das Geschäft bis auf weiteres geschlossen bliebe. Die Nachbarn wunderten sich, aber niemand wußte etwas. Gegen Mitternacht horchten sie auf einsame Schritte auf dem Pflaster. Nach drei Tagen fuhr ein Kleintransporter vor, der den Rollschrank abholte. Zwei Stunden später hielt ein Lastwagen mit einem Müllcontainer vor dem Buchladen. Drei junge Männer und eine Frau, die mit dem Fahrrad herbeigeeilt war, stürzten in das Geschäft und warfen Berge von Büchern in den Behälter. Sessel, Tisch und Regale schoben sie in den Anhänger. Nach vier Stunden war der Laden leer.

INHALT

Die sechste Stunde 5
Der Einzelgänger 9
Verlorene Worte 17
Die Unnahbare 25
Eine Lehrstunde 31
Enttäuschungen 41
Nummer 403 49
Glockenblumen 58
Gelbes Licht 67
Kleine Entfernung 76
Das Nebelhorn 85
Im Landhaus 94
Das Gericht 104
Das Antlitz 112
Das Denkmal 122
Der Koffer 131
Schlechte Träume 141
Ein Handgemenge 148
Spinnenbeine 157
Ein Abkommen 166
Falsche Töne 173
Tänze 182
Die Abrechnung 190

Erste Auflage Berlin 2013

Göhrener Str. 7, 10437 Berlin
info@matthes-seitz-berlin.de

Umschlaggestaltung: Falk Nordmann, Berlin, unter Verwendung des Gemäldes ›Memories‹ (1889) von Fernand Khnopff
Druck und Bindung: Friedrich Pustet, Regensburg

ISBN 978-3-88221-032-3

www.matthes-seitz-berlin.de